LE VILLAGE
DE LOBENSTEIN,

OU LE NOUVEL
ENFANT TROUVÉ.

TRADUCTION LIBRE DU ROMAN

ALLEMAND

D'AUGUSTE LAFONTAINE,

INTITULÉ THÉODORE.

PAR MADAME IS. DE MONTOLIEU, TRA-
DUCTEUR DES TABLEAUX DE FAMILLE.

Protégez, conservez les êtres animés,
Nés pour aimer un jour qu'ils soient d'abord aimés
Cœurs aimans, à vos soins la nature confie
Ces êtres imparfaits qui commençent la vie.
  S. LAMBERT.

TOME CINQUIEME.

A PARIS,

Chez DEBRAY, Libr., place du Muséum, n°. 9.

AN X. — 1802.

LE VILLAGE

DE

LOBENSTEIN

OU LE

NOUVEL ENFANT TROUVÉ.

Amélie reçut d'abord sa cousine avec de grandes démonstrations d'amitié, et Julie y répondit avec la tendresse à laquelle elle étoit naturellement si disposée, mais les deux cousines n'eurent pas passé une heure ensemble qu'elles furent convaincues qu'il ne pouvoit y avoir entr'elles aucune intimité. Amélie n'étoit heureuse qu'au milieu de la foule des spectateurs ; Ju-

Tome V.   A

lie n'aimoit que la solitude ; Amélie ne vouloit être qu'admirée ; Julie vouloit seulement être aimée ; Amélie aspiroit à dominer exclusivement, à faire des esclaves de tout ce qui l'entouroit ; Julie ne désiroit les hommages de personne, l'amour d'un seul être lui suffisoit, et cette conquête ignorée de tout le monde et presque d'elle-même la flattoit bien plus que tous les triomphes de sa belle cousine ; Amélie étoit dans une activité continuelle, son cœur seul restoit toujours froid et tranquille ; la douce Julie paroissoit indolente et son cœur étoit toujours en action, toujours remué par des sentimens vifs. Cette activité d'Amélie se répandoit sur tout ; son ambition étoit de tout diriger, de tout conduire, d'être à la fois l'intendant, le trésorier, l'homme d'affaires, le secrétaire de son père qui, convaincu de son habileté, dominé par son esprit, la laissoit maîtresse absolue; elle alloit à son gré d'une terre à l'autre, dirigeoit les nombreux domaines de son père et les dirigeoit bien; sa beauté, ses graces, ses talens lui soumettoient tout ce qui l'approchoit, et jamais souveraine n'a mieux su se faire obéir.

On étoit au commencement de l'automne; quelques jours après l'arrivée de Julie, Amélie qui ne pouvoit tenir longtems à la même place décida qu'on feroit une tournée dans les terres de son père, et qu'il resteroit quelque tems dans celle où la chasse étoit la meilleure; c'étoit la passion favorite de mon frère. Ils partirent tous les trois par une belle matinée de septembre;

on arriva pour le dîner dans une
campagne située d'une manière fort
pittoresque et romantique; c'étoit
une retraite faite exprès pour les
tendres rêveries, et la situation
d'ame où se trouvoit ma Julie ; on
y arrivoit en descendant une colline très-boisée , au bas de cette colline étoit un charmant vallon, les
bois continuoient d'un côté, de l'autre c'étoit des rochers recouverts
de broussailles dans lesquels la nature avoit formé des grottes variées;
de quelques une s'échappoient des
filets d'eau qui se rassembloient
pour former un joli ruisseau ser-
pentant dans la vallée et y entrete-
nant la fraicheur. Une maison de
chasse, petite, mais commode, étoit
au pied de la colline et dominoit
tout le vallon. Julie étoit dans l'an-
chantement; ah! disoit-elle, c'est

ici que je voudrois passer ma vie.
Non pas moi, dit Amélie, je m'y
ennuie déja. Son père dit à Julie
qu'il étoit bien aise que cet endroit
lui plût ; c'est ici, dit-il, où com-
mencent mes forêts, j'y veux passer
tout un mois pour y chasser, tu y
resteras avec moi, ma niéce, ma
fille ira visiter toutes mes autres
terres qu'elle n'a pas vues depuis
son retour, et viendra nous reprendre ici lorsqu'elle aura fait sa tournée.

Cet arrangement étoit fort du
goût des deux cousines, elles l'ac-
ceptérent. Amélie partit d'abord
après dîner avec une nombreuse
suite de domestiques, mon frère
alla chasser, et Julie se promener
dans la belle vallée, par un de ces
charmans jours d'automne où le
soleil à demi caché sous de légers

nuages, répand une teinte si douce
sur toute la nature. Elle prit un
petit chemin qui cotoyoit le ruisseau et en suivoit toutes les sinuo-
sités; il étoit tracé entre les buis-
sons au pied des rochers et quelquefois interrompu par des group-
pes de beaux hêtres. Elle marchoit
toujours sans crainte de s'égarer,
le cours du ruisseau qu'elle ne quit-
toit point la guidoit. Enfin elle arriva à l'extrémité du vallon; là le
ruisseau se précipitoit d'un rocher
qui sembloit le fermer comme un
mur. Vers l'un des côtés s'élevoit
un bois de hêtres au dessus duquel
on appercevoit les murailles rou-
ges d'un petit bâtiment gothique.
La plus grande tranquillité règnoit
dans la vallée; elle n'étoit interrom-
pue que par le bruit monotone et
assez fort de la cascade, auquel

sembloient se mêler de tems en tems les sons d'une musique éloignée.

Sa cousine lui avoit raconté que son père avoit une petite maison de chasse très-pittoresquement située, où elle passoit quelquefois un jour ou deux ; Julie crut de l'avoir trouvée et , se réjouissant d'en parler à son oncle, elle chercha un chemin pour y monter , elle découvrit un petit sentier à peine tracé entre les arbres ; plus elle avançoit , plus elle entendoit distinctement la musique ; bientôt elle put distinguer que c'étoit une très-belle voix d'homme accompagnée d'un luth. Une saillie du rocher seulement la séparoit du chanteur ; elle fit encore quelques pas , s'arrêta et ne perdit pas un mot de cette romance.

A 4

Premier Couplet.

'Amour , espoir , flatteurs mensonges ,
Vous m'aviez promis le bonheur ;
Je ne vois plus que dans mes songes
Celle à qui j'ai donné mon cœur.
L'orgueil , la vengeance et la haine
Ont cru pouvoir nous séparer ;
Mais rien ne peut briser la chaîne
De deux cœurs qui savent aimer.

Julie soupira doucement ; quelques-unes des lignes de cette romance convenoient si bien à sa situation ! elle écouta avec encore plus d'attention les couplets suivans :

2d. *Couplet.*

Pourquoi gémir, pourquoi me plaindre?
Mon sort n'a plus rien de cruel ,
Je n'ai plus de malheur à craindre ,
Je touche au bonheur éternel.
Dans la tombe je vais descendre ,

Aux cieux bientôt je monterai,
Et c'est là que je vais attendre
Celle que toujours j'aimerai.

3e. Couplet.

Douleur, fuis de ma solitude,
Hâte-toi, moment trop heureux ;
Tu vas changer en certitude
Mon trompeur espoir et mes vœux.
Dans les demeures éternelles,
Plus de haine, plus de parens
Ne troubleront deux cœurs fidèles,
Dont le ciel reçut les sermens.

Julie respiroit à peine ; ces paroles si simples, si touchantes, si analogues à ce qu'elle éprouvoit, pénétroient au fond de son cœur ; cette voix.... elle ne lui paroît pas tout-à-fait étrangère. — Sans doute c'est l'idée dont elle est sans cesse occupée qui la poursuit encore dans cette retraite. Elle vouloit s'en

A 5

aller pour n'être pas surprise par
le chanteur, mais il commençoit
encore un couplet, comment résister à l'entendre ?

4ᵉ. Couplet.

Toi qu'un père trop inflexible
Rendit victime du devoir,
Je le connois ton cœur sensible,
Il partagera mon espoir.
Julie tu sauras me suivre,
Loin de gémir de notre sort,
Nous croirons commencer à vivre,
Cesser d'aimer, voilà la mort.

Julie est hors d'elle-même, cette
voix, son nom, l'expression qui
accompagnoit ce couplet, tout,
tout lui dit qu'elle est à deux pas
de son cher inconnu ; elle tremble,
elle hésite, avance, recule, ne sait
ce qu'elle doit faire ; le bruit des

feuilles la trahit. Le chanteur fait
le tour du rocher.... c'est lui! c'est
le comte de Burgau! toujours beau,
et surtout pour Julie; mais cependant changé au point qu'il eût été
méconnoissable pour tout autre
que pour elle. Au moment où ils
s'apperçurent, tous les deux jetè-
rent un cri. Le comte prit la main
de Julie et l'approcha de ses lèvres
en disant doucement : Julie! ma
Julie! est-ce vous? si je suis abusé
par un songe, puissé-je ne pas me
réveiller. Ma pauvre fille étoit presque évanouie; Burgau la soutint
pour qu'elle ne tombât pas. Elle
revint à elle en disant : « où suis-
je? Quoi vous.....! quoi! vous demeurez ici! elle étoit convaincue
que cette maison appartenoit à son
oncle.

C'est à présent ma demeure, lui

dit il toujours troublé. Julie le regardoit et seulement alors son
changement la frappa. Vous êtes
malade, lui dit elle avec attendrissement, vous avez beaucoup souffert ? oh ! quel terrible secret m'a-
t-on caché ? Que vous est il arrivé ?

Je croyois ne plus vous revoir, Julie, plus que dans l'éternité, et vous
me demandez ce qui m'est arrivé !
ah ! je n'aspirois qu'à la mort ! avec
quel plaisir je la voyois venir ! A
présent.....Julie ! chère Julie ! cette
haine est-elle aussi dans vôtre ame ?

La haine ! la haine ! s'écria Julie,
qui donc vous hait ? Vous habitez
cette maison et vous parlez de haine ! Ce n'est pas mon père, il vous
rend justice, il vous appelle noble
et généreux.... je crois.... je me
flatte que vous l'êtes.... mais pourquoi ?.. oh ! monsieur, vous m'a-
vez fait bien du mal.... et l'on m'a

mène ici où vous êtes.... mon oncle ne sait donc pas.... ou bien....vous dites que c'est ici votre demeure ?

Burgau ne comprenoit rien à ce que disoit Julie, il crut qu'elle étoit dans une espèce de délire ; ces regards étonnés qu'elle promenoit lentement autour d'elle , ces mots entrecoupés , et qui lui paroissoient hors de sens , confirmoient cette idée. Il prit sa main , la serra doucement et lui dit du ton le plus tendre et le plus respectueux : remettez-vous, comtesse , et pardonnez un premier mouvement de surprise en vous voyant si près de ma retraite. Je suis malheureux sans doute, mais je ne serai pas coupable au point de troubler le repos de la comtesse de Steinthal ; je ne m'informerai pas même , s'il le faut, de ce qui l'a conduite au-

près d'un infortuné; je croirai qu'un
ange a pris sa forme pour me donner un instant de bonheur, et je
bénirai cet ange consolateur jusqu'à mon dernier moment.

Julie l'écoutoit, pleuroit, cherchoit à rassembler ses idées. Il y
a là, dit-elle enfin, un mystère que
je ne puis comprendre; un mot
seulement: avez-vous vu mon père
à Stutgard? Lui avez vous parlé?

— Je l'ai vu, je lui ai parlé, et
je suis la victime de la plus terrible
des passions, de la haine et de la
vengeance.

—Quelle haine? quelle vengeance? dit Julie. Expliquez vous donc,
de qui êtes vous haï?

— De votre famille, chère Julie.

— Et cependant vous demeurez
chez mon oncle.

— Moi! plût au ciel! cette maison appartient à mon cousin le comte de Burgau.

— Ce nom seul expliqua tout à Julie et dissipa la cruelle angoisse de son cœur. Depuis longtems j'avois cessé de lui parler des Burgau, nos terres étoient très-éloignées, je n'avois plus rien à démêler avec eux, ma haine n'étoit pas éteinte, mais elle étoit assoupie et je ne m'en occupois presque jamais, lorsque nous fumes à Stutgard et que nous y rencontrames ce comte de Burgau que l'on distinguoit sous le nom de comte Eugêne, et qui n'étoit point riche, mais parfaitement aimable. Depuis lors je pensois sans cesse à ce Burgau-là, mais je n'en parlois jamais; Julie dont le cœur étoit tout à l'amour ne connoissoit pas la haine et ses cruels effets. Oui, dit-elle, avec l'expression du bonheur, je sais que mon père n'aime pas les Burgau et qu'ils lui ont fait du mal ; mais ce n'est pas vous, et il m'aime ; des anciens différens de famille ne peuvent et ne doivent pas nous séparer : puisque c'est là le seul obstacle à notre union, bientôt il ne subsistera plus , mon père ne sacrifiera pas le bonheur de sa fille chérie à un ressentiment qui ne doit pas vous regarder. Je serai l'heureux lien qui rapprochera deux familles faites pour être unies. Oh ! Dieu ! que n'ai je su plus tôt qui vous étiez et ce qui vous empêchoit de revenir. Le comte Eugène transporté tomba à ses pieds et lui dit tout ce que l'amour le plus tendre et le plus pur peut dicter.

Julie le partageoit trop cet amour et elle étoit trop franche , trop ingénue pour le lui cacher ; elle le releva, le fit asseoir à côté d'elle et lui avoua tout ce qui s'étoit passé dans son ame depuis les soirées de Stutgard. Le comte Eugène à son tour lui raconta son desespoir des refus du comte de Steinthal, et comme il étoit venu s'établir dans cette maison de chasse d'un de ses parens qui la lui avoit prêtée ; il en connoissoit la situation romantique et retirée, elle convenoit à sa douleur. Julie, lui disoit il, je croyois d'y mourir, et j'y reprends une nouvelle vie et de nouvelles espérances ; c'étoit mon tombeau ; c'est à présent le temple du bonheur. Ma fille confirma ses douces espérances ; elle étoit si convaincue qu'elle obtiendroit mon consentement qu'elle rioit de ses doutes et lui disoit : je vous les pardonne, vous ne connoissez pas mon père,

il a cédé un instant encore à son
ancienne haine de famille en
vous refusant ma main à Stutgard,
mais cette haine va disparoître devant l'amour paternel ; il vous aimera comme il aime sa Julie : que
dis-je ? il vous aime déja. Elle lui
raconta alors avec vivacité comme
j'avois pris son parti quand elle
l'accusoit de l'avoir trompée, comme je m'étois écrié « c'est le plus
généreux, le plus excellent des hommes !" Le comte Eugène se rappela
que dans notre entretien à Stutgard je le lui avois dit à lui-même ;
cependant, ajoutoit-il tristement,
il m'a refusé, positivement refusé.

Ah ! répondit Julie, ce bon père
croyoit alors que l'impression que
vous aviez faite sur mon cœur seroit aussi passagère qu'elle fut
prompte ; mais quand il saura

qu'elle est ineffaçable, que mon
cœur est à vous pour la vie, que
je ne puis être qu'à vous; avec
quelle tendresse il vous nommera
son fils, l'époux de son heureuse
Julie. On croit si facilement l'objet
qu'on aime, et surtout quand il
nous promet le bonheur ; le comte
Eugène partagea cette douce illusion ; tous deux se persuadérent
qu'une larme, une prière, un mot
suffiroient pour obtenir mon aveu.
Julie s'impatientoit que je fusse revenu de mon voyage pour me le
demander ; mais elle sentit bien
qu'elle ne pouvoit pas en parler à
son oncle dont la haine contre les
Burgau étoit alors en pleine activité, et qui n'avoit pas pour elle le
cœur d'un père ; mais cette haine
même assuroit leur secret puisqu'il
étoit bien sûr que jamais il n'ap-

procheroit d'une maison apparte-
nant aux Burgau, et qu'il ne pourroit les surprendre. Julie promit à
son ami de venir le voir tous les
jours au même endroit où le hasard
les avoit réunis ; il l'accompagna
jusqu'à moitié chemin ; le soir elle
étoit si contente, si gaie, si sereine
que son oncle fut enchanté d'elle ;
chaque jour ajoutant à son bonheur
ajoutoit aussi à sa bonne humeur
et à sa gaieté. Cet air te convient,
Julie, lui disoit mon frère, tu n'es
plus la même ; tu ne prenois pas
assez d'exercice chez ton père, ici
tu te promènes beaucoup et tu
renais.

Ah ! oui, cher oncle, lui dit Julie,
oui cet air m'a fait du bien, beaucoup, beaucoup de bien.

Mon frère que la chasse amusoit
lui dit, qu'il ne s'étoit jamais

mieux porté et qu'il y prolongeroit
son séjour.

Amélie vint les joindre ; Julie
craignit d'abord de ne pouvoir plus
faire ses courses à la cascade ; mais
l'activité de sa cousine la rassura
bientôt ; ses grandes affaires, ses
correspondances, ses études, ses
courses à cheval, la chasse où elle
accompagnoit son père, occupoient
toute sa journée ; à peine trouvoit-
elle un quart d'heure pour être avec
Julie. Mon frère déclara qu'il vouloit passer encore tout le mois
d'Octobre dans cette maison. Je
n'étois pas de retour et jamais ma
fille n'avoit été aussi heureuse ;
tous les jours elle alloit passer quelques heures avec son cher Eugène,
et chaque jour elle l'aimoit d'avan-
tage. Cet amour pur et platonique,
cette intime union des ames qu'on

a si souvent regardée comme une chimère se réalisoit entre ces deux amans. Une solitude complète, un site aussi romantique, une passion aussi ardente, tout pouvoit les égarer, et la vertu de Julie ne courut pas le moindre danger; elle l'ignoroit ce danger, mais un instinct de vertu et de pudeur retenoit l'expression de ses sentimens; heureuse à côté de celui qu'elle aimoit, son imagination ne s'égaroit plus, elle ne désiroit pas autre chose. Le comte Eugène la respectoit autant qu'il l'aimoit, voyoit d'avance en elle son épouse, la mère de ses enfans, et ne se permit plus la moindre démonstration de son amour; il s'interdit même de baiser cette main qui devoit lui appartenir un jour, et s'il la serra quelquefois dans les siennes, c'étoit lorsqu'il

alloit se séparer d'elle jusqu'au lendemain. Qu'elle est délicieuse, mon
fils, cette union de l'amour et de
l'innocence ! elle nous fait jouir
d'avance du bonheur céleste , et
c'est là sans doute la félicité réser-
vée à la vertu. Julie en éprouvoit
tout le charme, Eugêne étoit tout
pour elle et le petit vallon son univers. Elle lui jura plus de mille
fois que lors même que je refuserois
mon consentement à leur union ,
elle n'en formeroit point d'autre et
ne seroit jamais qu'à lui : on peut
me défendre , lui disoit - elle , de
porter ton nom , mais non pas de
t'aimer ; ce sentiment ne suffit - il
pas à notre bonheur, et qui peut
nous l'ôter ? Personne au monde.
Cher Eugêne , je viendrai toutes les
automnes ici avec mon oncle, nous
nous verrons dans ce charmant

vallon pendant deux mois, et ces deux mois embelliront le reste de l'année. Amour, constance, courage et vertu, et nous ne pouvons pas être malheureux ; mais nous serons heureux, Eugêne, nous le serons de l'aveu du meilleur des pères.

L'automne s'avançoit, les jours devinrent courts, nébuleux, et mon frère ne trouvoit plus l'air aussi pur. Julie fut obligée de quitter le vallon qui étoit pour elle le temple de l'amour. Adieu! mon Eugêne, lui dit-elle la veille de son départ, bientôt ta Julie te rappellera ; bientôt nous ne nous quitterons plus, et tous les lieux où nous vivrons ensemble seront le temple de l'amour et du bonheur.

Dès que Julie apprit mon retour il ne fut plus possible de la retenir, elle vint me joindre et ma joie fut extrême

extrême de la retrouver aussi bien portante et aussi sereine ; je le lui témoignai avec la plus vive tendresse. Elle sourit et me dit en cachant son visage contre ma poitrine : c'est l'amour et le bonheur, cher père, qui m'ont rendue à la vie. Julie, lui dis-je avec surprise, que veux-tu dire ? de quel amour veux-tu parler ? Du seul que mon cœur ait éprouvé, mon père, de celui que j'appris à connoître à Stutgard et qui m'attache pour la vie au plus noble, au meilleur des hommes, au comte Eugêne de Burgau.

Un frisson parcourut mes veines; pour la première fois je jetai sur ma fille chérie un regard sombre et sévère. Le comte Eugêne! Julie, vous l'avez vu, vous lui avez parlé? Oui mon père, me dit-elle avec

Tom. V.   B

le ton de la plus tendre confiance,
oui je l'ai vu, je lui ai parlé, et
chaque instant a confirmé le choix
de mon cœur. Il m'aime, je l'aime
et le consentement de mon père
va sanctifier notre amour ; la plus
heureuse des filles va devenir la
plus heureuse des mères. Elle prit
alors ma main et voulut la presser
de ses lèvres ; je la retirai et je lui
dis avec un air froid et sérieux :
tu t'es trompée, Julie, jamais tu
n'obtiendras ce consentement ; je
te chéris, j'estime le comte Eugène,
mais vous devez renoncer l'un à
l'autre. Tremble, ma fille, si jamais
tu faisois rencontrer un Burgau et
un Steinthal, l'un des deux devroit
périr, et supporterois-tu la pensée
d'être la cause de la mort de l'un
des deux ?

Elle pâlit, porta une main sur

son front ; cette image étoit trop cruelle pour son ame sensible ; je crus qu'elle alloit tomber en défaillance ; je passai un bras autour de sa taille et je lui dis tendrement : rassure toi, mon enfant, ce malheur n'arrivera pas, nous ne nous rencontrerons pas.

Elle s'appuya contre mon sein et me dit doucement : ce cœur paternel, ce cœur qui forma le mien peut-il connoître la haine ?

Il ne l'éprouve plus, lui dis-je en la serrant contre moi, non je ne hais plus, j'estime même ce Burgau que ma fille aime ; mais, Julie, ne rallume pas le brasier de la haine dans le cœur de ton père ; peut-être cette haine assoupie par le tems, par l'éloignement, n'attend-elle que l'approche d'un Burgau pour se réveiller avec plus de force.

Chère enfant, si tu pleures je gé-
mirai avec toi de ce qu'une fatale
destinée te sépare de l'homme que
tu aimes ; mais je ne puis rien de
plus, et jamais le sang des Burgau
et celui des Steinthal ne peut se
mêler. Je sais comme toi que cette
haine est un mal, mais elle existe
et jamais peut-être il n'en fut de
plus motivée .Julie, ma fille ! j'avois
aussi un père, un père adoré, les
Burgau l'ont précipité dans le tombeau..... J'aimois aussi, Julie, j'aimois la plus charmante des filles,
comme tu aimes à présent ton
amant ; les Burgau me l'ont arrachée, ils l'ont précipitée dans le
tombeau. Celui que j'aime, me
diras-tu, n'en est pas coupable ; ni
moi non plus je n'étois pas coupable envers eux quand ils m'ont
ôté un père et une amante, quand

ils m'ont forcé de leur jurer une
haine éternelle. — Ce tableau de
mes pertes et de mes douleurs,
ranimoit dans mon ame cette haine
cruelle; ma fille s'en apperçut, elle
m'arrêta par une caresse et me dit
avec ce son de voix si doux, si
pénétrant : mon père, votre haine
est juste peut-être, mais votre cœur
doit être fatigué de haïr; laissez
votre fille être un moyen de l'é-
teindre à jamais, de rapprocher
deux illustres maisons qui se con-
viennent si bien. Eugène de Burgau, Julie de Steinthal formeront
le lien qui va les réunir; cette
affreuse haine est-elle donc inextinguible ? et si elle doit cesser une
fois, pourquoi ne seroit-ce pas
dès à présent ? Que le bonheur de
votre fille soit le gage de la paix !

J'étois attendri; mais non pas

persuadé. Plut au ciel, ma fille, lui
dis je, que cette paix pût avoir lieu,
que le passé pût s'anéantir! Je te
le jure, si tous les cœurs étoient à
l'unisson du mien, à l'instant où
tu donnerois ta main à l'autel à un
Burgau, je tendrois la mienne à
tous les Burgau, même à mes persécuteurs, et je bénirois ce moment.
O mon enfant! ne crois pas que
je te refuse par dureté, mais laisse
moi te dire ce qui t'arrivera dès
que tu seras unie à un Burgau; tu
deviendras l'ennemie de ta famille
et de ton père; tu seras forcée de
nous abandonner, et même encore
ils ne te pardonneront pas d'avoir
porté le nom de Steinthal. Mon
frère, mes parens, ma famille entière m'appellera traître pour avoir
consenti à cette union; ils me haï-
ront aussi; repoussé d'eux, séparé

de toi je n'aurai pas même la consolation de verser mes peines dans le cœur de ma fille, et le tien, le tien aussi en sera déchiré.... Bonne enfant! tu juges le cœur de tous les hommes d'après le tien ; tu ne connois pas la haine, une haine que des siècles et mille circonstances ont alimentée. N'as-tu donc pas entendu ton oncle parler des Burgau? Et tu as pu conserver le moindre espoir !

Ma pauvre fille étoit noyée dans les larmes ; au travers de ses sanglots j'entendois par quelques mots que ce que je venois de lui dire l'avoit frappée. Je voulus achever de lui ôter tout espoir. Julie, lui dis-je, je ne t'ai jamais rien refusé, tu le sais ; mais à présent je te déclare que tes larmes, tes prières, tout ce que tu pourras faire sera

B 4

inutile et que *jamais jamais* tu ne
seras l'épouse d'un Burgau.

Elle me regarda fixement : eh !
bien , jamais sa femme , me dit-elle;
mais toujours l'aimer. Je souris :
l'aimer si tu le veux , mon enfant,
mais sans lui parler, sans le voir ,
sans lui écrire. Où l'as tu rencontré , Julie ?

Voulez-vous me permettre , mon
père , de vous raconter tout ce qui
s'est passé entre nous ?

Je te le permets , mon enfant , je
te le demande. Elle s'assit près de
moi et me raconta tout ce qui s'é-
toit passé dans le vallon ; elle avoit
copié la romance qu'elle me laissa
et que j'ai retrouvée dans ses papiers. Pauvre enfant ! avec quel
plaisir elle me parloit des talens
et des vertus de son cher Eugêne ,
de son respect , de sa tendresse !

Comme elle cherchoit à lire dans mes yeux l'impression que me faisoit le simple et touchant récit de leur innocent amour! Comme elle me racontoit jusqu'aux moindres circonstances! Elle me dit en finissant : vous savez tout, mon père, je ne demande au ciel d'autre bonheur pour l'éternité que celui dont j'ai joüi dans le vallon ; je sens, dit-elle en élevant ses yeux au ciel, que notre vœu sera bientôt exaucé, et elle récita avec expression ces quatre vers de la romance.

Dans les demeures éternelles,
Plus de haine, plus de parens
Ne troubleront deux cœurs fidèles,
Dont le ciel reçut les sermens.

J'étois très-touché, mais je ne voulois pas le montrer. J'espère, lui dis-je, que ton oncle ne saura

B 5

jamais qu'un Burgau a osé te voir
et te parler pendant que tu étois
sous sa protection ; il ne seroit pas
aussi indulgent que moi ; mais à
présent, Julie, ne m'oblige pas à
cesser de l'être, à nommer séduc-
teur celui que je veux encore estimer. Qu'il n'engage pas ma fille à
me désobéir, qu'il ne m'enlève pas
encore le seul bien que les Burgau
m'ont laissé. J'y veillerai, Julie,
et le plus indulgent des pères en
deviendra, s'il le faut, le plus sévère.

Elle vit bien qu'il étoit inutile
de me presser davantage et elle
me demanda seulement la permission d'écrire au comte Eugêne mon
refus : j'y consentis, elle lui raconta
notre conversation, sa lettre qu'elle
me fit voir étoit un singulier mé-
lange de tendresse, d'obéissance
filiale et de l'amour le plus pas-

sionné et le plus plus pur ; je la
laissai partir. Le comte répondit
peu de chose ; il disoit à Julie que
le bonheur dont il avoit joui dans
le vallon étoit plus qu'il n'est permis à un mortel d'attendre de cette
vie, et qu'il se résignoit à son sort.

En effet Julie passa tout l'hiver
sans entendre parler de lui, et sans
prononcer le nom des Burgau ;
cette épreuve étoit au dessus de ses
forces ; elle étoit malheureuse à
l'excès : quelquefois il lui arrivoit
de penser qu'elle avoit cependant
aussi des droits au bonheur, et
qu'elle sacrifioit le sien à la folie et
aux passions humaines de deux
familles ; elle se trouvoit alors injuste envers elle - même et son
amant. Ses combats continuels entre un amour malheureux et l'o-
béissance filiale ébranloient son

B 6

courage; il lui sembloit que si une
fois, une seule fois elle revoyoit son
Eugène, elle trouveroit la force
nécessaire pour vivre séparée de
lui; elle relisoit sa lettre, *il se rési-
gne à son sort*, disoit-elle, ah!
qu'il vienne m'apprendre cette rési-
gnation si difficile!

On étoit au printems, sa douce
influence amollissoit aussi le cœur
de Julie; la verdure renaissante,
le chant des oiseaux, le murmure
des fontaines, tout lui retraçoit
Eugène et les beaux jours du vallon; elle auroit donné le reste de
sa vie pour un jour, pour une heure de ce tems trop heureux. Enfin,
ne pouvant plus résister à la passion de revoir le comte, elle lui
écrivit et lui marqua de se trouver
au jour et à l'heure qu'elle lui indiquoit dans un des bosquets de

mon parc; elle avoit, lui disoit-
elle, des choses essentielles à lui
communiquer, et cela étoit vrai.
Depuis quelque tems son cœur for-
moit un projet qui ne lui paroissoit
pas impossible à réaliser, c'étoit de
quitter l'Allemagne avec les objets
qui remplissoient ce cœur, avec
son père et son amant. Bonne Julie!
tu associois alors ton père à tous tes
plans de bonheur, il ne t'avoit pas
encore appris à le craindre, à te
défier de lui et de sa tendresse. Ce
projet c'étoit moi qui aurois dû le
former : si j'avois eu vraiment le
cœur d'un père j'aurois pris Julie
d'une main, Eugène de l'autre, et
nous serions allé sous un autre ciel,
loin de la haine de nos familles,
être heureux par la nature et par
l'amour. Jusqu'à cette époque, mon
fils, j'ai peu de chose à me repro-

cher ; je devois peut-être à ma famille , à la mémoire de mon père
et de mon amante , la résistance
que j'avois opposée jusqu'alors à
l'amour de Julie ; mais le bonheur
de mon enfant, d'une fille telle
que Julie , étoit le premier , le plus
saint de mes devoirs ; il m'étoit
prescrit par la nature et par la
reconnoissance. Elle seule avoit
adouci mes peines depuis dix-huit
ans ; j'étois par ses soins , par sa
tendresse le plus heureux des hommes, et sa récompense fut le malheur et le désespoir. Une fois convaincu que le comte Eugène pouvoit seul m'acquitter envers elle
et la rendre heureuse comme elle
méritoit de l'être , je devois céder
et je fis tout le contraire de ce que
j'aurois dû faire.

Le comte Eugène vint au moment

prescrit; les fréquentes proména-
des de ma fille m'avoient donné
des soupçons, je la surveillois avec
soin; au lieu d'elle ce fut son père
irrité que Burgan trouva dans le
bosquet. J'allai au devant de lui:
que venez-vous faire ici, jeune
homme, lui demandai-je? Vous
savez mes resolutions; j'aurois dé-
siré pouvoir toujours estimer celui que ma fille aime, croire au
moins qu'il le méritoit; mais je vous
avertis, monsieur le comte, que
vous êtes près de me faire changer
d'opinion; comprenez-vous ce que
cela veut dire? Que faites-vous ici?

Il m'écoutoit sans paroître interdit; et il me répondit avec une
dignité froide: votre fille m'a écrit
qu'elle avoit à me parler et je suis
venu, peut-être est-ce mal fait,
aussi mal que la haine qui sépare

nos familles; mais il y a des circonstances où l'homme est forcé de
choisir entre deux torts, entre deux
devoirs. Je vous répéte, monsieur
le comte, que je suis ici pour parler à votre fille. Que ne puis-je vous
obéir en même tems qu'à Julie !
Qu'elle est affreuse cette haine qui
sépare des ames faites pour s'unir !
Oui monsieur, nous étions destinés
à nous aimer, à nous donner les
noms de père et dè fils, et il faut....
Il faut, continua-t il d'un ton plus
ferme, que je sois aussi décidé que
tout le monde l'est ici ; monsieur
le comte, je suis venu pour parler
à votre fille. J'eus alors l'idée de
profiter de cette circonstance pour
leur parler avec force, leur faire
sentir l'impossibilité de leur union
et les engager à renoncer solemnel-
lement l'un à l'autre ; peut-être aussi

Julie vouloit-elle lui rendre ses pro-
messes. Enfin il me parut essentiel
de savoir ce qu'elle avoit à lui dire ;
restez-là, lui dis-je froidement. Je
sortis et j'allai chercher Julie ; je la
rencontrai qui venoit au bosquet ;
elle vouloit m'éviter, je fus à elle,
je pris sa main et l'entrainai auprès
du comte ; qu'as-tu donc à lui dire,
Julie, parle ?

J'avois pris mon parti, elle prit
le sien. Eugène, dit elle au comte
en saisissant sa main, reçois devant
mon père la main et la foi de ta
Julie. Dieu et mon père entendent
mon serment, je suis à toi, rien
ne pourra nous séparer. Elle le
serra dans ses bras en disant : cher
époux, à toi pour jamais ; et se
tournant de mon côté : et vous,
mon père, recevez aussi ma promesse de ne le revoir qu'en votre

présence , je suis prête à vous suivre. Elle me prit par la main , m'en-
traina à son tour hors du bosquet,
et j'entendis bientôt le comte s'é-
loigner à cheval.

Depuis un instant Théodore pouvoit à peine retenir ses transports,
il saisit le premier moment où le
comte s'arrêta pour leur donner
essor ; oh ! mon Héloïse , s'écria-
t-il les mains jointes, c'est donc
le génie de ma mère qui t'inspiroit
quand je reçus ta foi de la même
maniere..... ce mouvement si sublime d'amour......

Etoit dicté par ta mère, dit Schall;
ce que tu me dis de sa lettre me
l'explique à présent: l'imprudente
baronne a sans doute raconté à sa
fille l'histoire de la mienne ; Héloïse
aimoit comme Julie ; elle l'a prise
pour son modèle. Juge combien

je fus frappé, moi témoin de ces deux scènes si semblables, moi qui crus entendre encore ma Julie; non, ce que j'éprouvai ce jour-là ne peut s'exprimer. Ce fut une heure après que j'appris que tu étois mon fils, le fils de mon infortunée Julie. Mais laisse-moi te continuer sa déplorable histoire, laisse-moi m'accuser, me justifier, m'accuser encore, expier mes fautes en me les retraçant; et il recommença sa lecture.

Dès que nous fumes éloignés du bosquet Julie s'arrêta, elle cherchoit dans mes regards l'impression que m'avoit faite ce qui venoit de se passer, ce qu'elle y lut lui fit baisser les siens. Fille insensée, dis-je en lui serrant fortement la main, qu'as-tu fait? Que prétends-tu faire? Tu es sur le chemin de la perdition.

Tu ne peux jamais appartenir à
l'homme à qui tu viens de t'engager;
tu te prépares ainsi qu'à moi, mon
enfant, les peines les plus cruelles;
je voudrois que tu fusses convaincue que ce n'est pas moi qui m'op-
pose à ton bonheur, mais une dure
nécessité.

— Ne voyez-vous donc pas, mon
père, me dit-elle en souriant, que
je céde à cette nécessité ?

— Non, Julie, tu ne lui cédes pas.

— Pardon, mon père, reprit-
elle avec fermeté, je m'y soumets;
j'aime le comte Eugêne et je dois
l'aimer, mon sort l'a voulu, c'étoit
ma destinée, et la haine de vos
familles, cette haine dont vous me
parlez sans cesse n'est pas plus forte
et ne peut pas être plus durable
que notre amour. Croyez-moi,
mon père, je l'ai combattu de tou-

tes les puissances de mon ame ,
mais en vain ; je céde ce qui est
en mon pouvoir ; s'il est impossible
que j'épouse un Burgau , il est plus
impossible encore que je cesse d'aimer celui-là. Si la haine des Steinthal est inextinguible et violente ,
notre amour ne l'est pas moins ;
nous combattons Eugène et moi
avec des larmes, des prières , des
cœurs pleins d'amour et de paix ;
et nos familles avec des cœurs pleins
de rage et de fiel. On ne veut pas
nous sacrifier la haine, nous ne
pouvons pas sacrifier notre amour ;
nous pouvons tout aussi peu cesser
de nous aimer que les Steinthal et
les Burgau de se haïr ; mais leur
affreux sentiment est contre la nature, le nôtre est sa plus douce loi.
Oh ! mon père , vous pouvez refuser ma main, mon cœur ne dépend

plus ni de vous, ni de moi, je l'ai donné au comte Eugène, il est à lui pour la vie, dussé-je ne plus le voir.

Julie ne m'avoit jamais parlé avec autant de feu, ni d'une manière aussi positive; la vue de son amant, ce qu'elle venoit de faire avoit exalté son ame et son imagination; qu'aurois-je pu lui répondre? Je sentois qu'elle avoit raison et que le cœur a des droits indépendans de ceux d'un père. Je gardai le silence, elle se rapprocha de moi, me serra dans ses bras et me dit d'une voix basse et tremblante: mon père, ne seriez-vous pas heureux partout avec vos enfans? Et si..... elle n'osa pas achever. Je l'avois trop bien comprise, ce n'étoit pas la première fois que l'idée de me dépayser avec eux

m'étoit venue, mais je l'avois toujours repoussée et ce sacrifice étoit
au dessus de mes forces. Il falloit
non-seulement quitter pour jamais
un frère que j'aimois tendrement,
quoique je le visse peu ; mais abandonner aussi des biens immenses
que je ne pouvois emporter, ni dé-
naturer : la plupart de mes terres
étoient substituées aux mâles de
notre famille et ne pouvoient être
aliénées ni vendues. Il me restoit,
indépendamment des fiefs, de quoi
faire à ma fille un sort très brillant,
mais il falloit être en bonne intelli-
gence avec ma famille et surtout
avec mon successeur. J'avois de plus
fait des entreprises très considéra-
bles pour l'amélioration de mes
domaines, et le bien-être de mes
vassaux ; mes établissemens com-
mençoient à prospérer et je per-

dois en m'éloignant tout le fruit de mes travaux. J'étois, il est vrai, le seul maître de mes biens non subs- titués et de ma fille ; je pouvois la marier à qui je voudrois sans que personne eût précisément le droit de s'y opposer; mais je t'avoue à présent ma foiblesse ; l'idée que toutes mes richesses passeroient dans la famille des Burgau m'étoit aussi insupportable que celle de devenir odieux à mon frère et à toute ma famille. Le bonheur de ma fille me paroissoit acheté trop cher à ce prix ; je savois par expé- rience qu'on guérit enfin de l'a- mour, et, quoique mon cœur parlât pour Julie, je me persuadai que ma raison exigeoit que je persis- tasse dans mon refus. Je rompis donc l'entretien en renvoyant Julie dans sa chambre, et sa courte en- trevue

entrevue avec le comte n'eut d'autre
effet que de me donner une défiance qui fut la vraie cause de mes
malheurs. Je ne connoissois pas ma
fille et de quelle force son ame étoit
capable, je la jugeois d'après les
règles ordinaires; je crus que désor-
mais son unique étude seroit de
tromper mon active surveillance
et de chercher les moyens de voir
le comte en secret. Je redoublai de
soins et elle ne put plus faire un pas
sans être observée; je l'entourai
d'espions, je comptai ses feuilles de
papier, je la fis suivre à la prome-
nade : enfin je fis venir chez moi
deux vieilles parentes à qui je ne dis
pas, il est vrai, que ma fille aimoit un Burgau, mais qui compri-
rent qu'elles étoient là pour la garder et s'acquittérent de cet emploi
avec le zèle et la sévérité de deux

Tome V.   C

Duégnes. Cette conduite eut l'effet qu'elle devoit avoir sur un cœur comme celui de Julie ; elle en fut indignée, et son amour pour le seul être qui savoit lui rendre justice en prit plus de force. Elle m'avoit promis de ne pas le revoir, elle étoit décidée à tenir sa parole et à rester tranquille ; sa passion étoit si pure, si vraie qu'elle n'avoit plus besoin de la présence d'Eugène, il lui suffisoit de l'aimer et de savoir qu'elle en étoit aimée, mais on suspectoit son innocence, on lui donnoit d'autres gardiens que sa vertu ; on se défioit d'elle, on la croyoit une trompeuse, et son cœur en fut navré. Elle se tut et il s'établit insensiblement entr'elle et moi une froideur, un mécontentement que je méritois sans doute mais qui n'en affectoit pas moins mon cœur. Hélas! elle ignoroit que pendant que je lui montrois une rigueur que je croyois nécessaire, je faisois en secret tout ce qui dépendoit de moi pour rapprocher les Steinthal et les Burgau; je me taisois parce que je ne voulois pas nourrir sa passion par un espoir trop foible, trop incertain pour oser croire qu'il fût réalisé. Je saisis toutes les occasions de parler des Burgau devant mes parens avec estime, en témoignant du regret que les deux meilleures familles du pays fussent désunies; je citai plusieurs traits de générosité ou de délicatesse qui pouvoient effacer leurs torts passés; je dis qu'en mon particulier, quoique j'eusse été le plus offensé, j'étois disposé à tout oublier; que je n'avois rien à leur reprocher depuis plusieurs années et que je me prêterois

volontiers à une réconciliation. A
ma grande surprise chacun fut de
mon avis et répéta que j'avois bien
raison. Encouragé par ce début je
m'avançai davantage ; je dis qu'une
alliance entre les Burgau et les
Steinthal seroit peut-être le seul
moyen d'éteindre cette longue haine et de terminer les procès, et que
si ma fille..... on ne me laissa pas
achever. Ceux qui s'étoient mon-
trés les plus coulans tant que je ne
voulois que des paroles, parurent
les plus indignés de la seule supposition que Julie, la plus riche
héritière de notre famille, pût devenir, comme ils le disoient, la
proie d'un Burgau. Tous les Steinthal et leurs alliés qui étoient à
marier avoient jeté leur dévolu sur
elle. L'intérêt personnel se joignit
à l'ancienne haine, et ma pauvre

Julie eut dès ce moment autant de
persécuteurs déclarés qu'il y avoit
d'individus dans ma famille. Mon
frère fut bientôt informé que j'avois
eu la coupable idée de donner ma
fille et ma fortune aux Burgau ; on
posa en fait, quoique je ne l'eusse
point dit, que Julie aimoit un Burgau et que ma foiblesse impardon-
nable pour elle, à qui je n'avois
jamais rien refusé, m'avoit fait donner mon consentement à leur union.
Mon frère entra en fureur ; il ne
perdit pas un instant, il fit atteler
sa voiture et vint avec la fièvre de
la haine s'expliquer avec moi sur
un fait aussi incompréhensible. Les
premiers mots furent des reproches
si amers sur l'inclination de ma fille
pour un Burgau que je ne doutai pas
qu'il ne fût instruit de tout, et qu'un
hasard malheureux ne lui eût ap-

pris les entrevues du vallon. Je ne songeai donc pas à lui rien nier, mais seulement à excuser Julie, et il sut ainsi que ses soupçons étoient fondés et quel étoit le Burgau qu'elle aimoit.

Quoi! me répondit-il avec une fureur mêlée de mépris, c'est cet Eugêne, le seul des Burgau qui n'ait rien ou presque rien que sa belle figure et, à ce que je vois à présent, son talent de séduire des héritières. Il n'a eu garde de s'adresser à mon Amélie, il savoit bien qu'il n'y auroit rien à faire, mais avec ta romanesque Julie qui ne vit que de soupirs il étoit bien sûr de réussir. Quelques mots entrecoupés, quelques regards élevés au ciel ont suffi, et tu en es la dupe. Ne vois-tu donc pas, père aveuglé, que toute cette affaire est concertée par cette famille odieuse pour attirer à eux tous les biens de la nôtre; ils ont envoyé tout exprès ce beau garçon à Stutgard avec l'ordre de faire sa cour à ta fille, et bien sûrs d'avance que tu te laisserois gagner par ses larmes. Il arrive tout comme ils l'avoient arrangé, et je te promets qu'en ce moment ils triomphent de ta foiblesse; il me semble les entendre dire; voyez ce fier comte de Steinthal; nous lui avons arraché son père, son amante, et à présent nous lui arrachons sa fille et tous ses biens sans qu'il dise mot. Ah mon frère, mon frère, plutôt mourir que de voir leur triomphe et ton humiliation.

Il ne m'avoit pas été possible d'interrompre ce torrent d'éloquence; dès que mon frère eut fini je voulus justifier le comte Eugène, je l'assu-

rai qu'il n'y avoit eu dans tout cela
nul dessein prémédité, que le hasard seul lui avoit fait rencontrer
Julie, que la sympathie avoit agi
en même tems sur tous les deux,
et que le comte s'étoit conduit avec
beaucoup de noblesse et de générosité. Mon frère ne put entendre
son éloge, il recommença ses invec-
tives contre tous les Burgau et surtout contre ce *mendiant* (comme il
l'appeloit) qui nous avoit pris dans
ses filets. Je ne pensois pas comme
mon frère à cet égard et cependant
cet entretien fit quelque impression
sur moi; il me persuada du moins
que je ne pouvois donner Julie au
comte qu'en me brouillant avec
mon frère et toute ma famille. J'a-
vois eu trop longtems mauvaise
opinion des Burgau pour ne pas me
laisser quelquefois entraîner à pen-

ser que mon frère avoit peut être
deviné juste. Je crus aussi que lorsque Julie verroit elle même à quel
point ses parens étoient prononcés
contre son amour, elle y renonce-
roit sans que j'eusse besoin de l'exiger. D'après ce faux systême je me
tus, mais je laissai ma pauvre fille
en butte aux reproches, aux sar-
casmes, aux injures de tous nos
parens. On appeloit son sentiment
une folie, une indigne trahison des
intérêts de sa famille ; on parloit
d'elle comme d'une folle à qui l'a-
mour avoit fait perdre la raison.
Elle souffroit tout avec patience et
sans se plaindre ; mais dans le fond
de son cœur elle m'accusoit de son
malheur, elle croyoit que j'avois
exprès divulgué son secret, et mon
silence, mon inaction sembloit lui
confirmer que je l'avois abandon-

née à la dureté de nos parens. Hélas! j'en souffrois plus qu'elle, et,
pour ne pas augmenter ses peines,
j'éludai, je refusai même plusieurs
propositions de mariage qui me
furent faites pour elle, et même
sans lui en parler. Je recevois le
moins qu'il m'étoit possible la visite
des personnes les plus violentes de
ma famille, mais j'avois de vieilles
tantes que je n'osois pas renvoyer,
et qui vinrent l'une après l'autre
accabler ma pauvre enfant de leur
mépris, et tourner en ridicule un
sentiment qu'elle n'avoient jamais
inspiré, ni éprouvé. Julie écoutoit
tout en silence, répondoit ensuite
avec douceur: je suis fâchée de vous
déplaire, mais j'aimerai toute ma
vie le comte Eugène, parce qu'il ne
dépend pas de moi de cesser de l'aimer. Les vieilles comtesses la trai-

toient de folle, de fille romanesque,
entêtée, et s'en alloient en fureur.
Je voyois alors des larmes couler
sur les joues décolorées de ma pauvre Julie ; pour nous éviter des reproches mutuels, pour ne pas me
laisser attendrir je la quittois, et je
la laissois avec ses deux surveillan-
tes qui continuoient sur le même
ton que celles qui venoient de sortir.

Mon frère aussi venoit très souvent m'encourager à la résistance.
Un jour il rencontra Julie toute en
larmes, il entra dans ma chambre,
et les miennes couloient aussi.
Quelle indigne foiblesse ! me dit il
avec colère, tu pleures quand tu
devrois menacer et savoir te faire
obéir ; allons ! sois homme, mon
frère. Ah ! lui répondis je, je suis
père et tu l'es aussi ; peux - tu me
condamner ?

— Jamais mon Amélie ne me mettra à cette épreuve, me dit-il. Ecoute, donne moi Julie, elle me craindra davantage et je te promets d'en venir à bout.

— Mon frère, pas trop de rigueur.

— Non, mais la plus exacte surveillance ; l'exemple de sa cousine et mes remontrances.

J'étois si malheureux et, dans le vrai, si incapable de parler à Julie avec fermeté que je ne rejetai pas cette proposition ; cependant je déclarai qu'elle seroit libre d'aller ou de rester et que je ne l'enverrois jamais hors de chez moi contre son gré. Mon frère leva les épaules, et Julie fut appelée. Il m'en coutoit beaucoup de me séparer d'elle et j'avois secrétement l'espoir qu'elle refuseroit l'invitation de son oncle.

Voilà mon frère, lui dis-je, qui

te propose d'aller passer quelque
tems chez lui , fais ce que tu voudras , mon enfant.

Il n'en sera pas de même chez
moi, ma niéce , lui dit mon frère ,
je veux bien vous en avertir , la tendre amoureuse sera surveillée et
je vous permets d'avance d'écrire à
votre amant et même de le voir si
vous le pouvez.

Julie me regarda fixement ; je
gardai le silence, elle réfléchit un
moment : puisque mon père y con-
sent , dit-elle ensuite , puisqu'on
me le permet j'y consens , je suis
prête à partir avec mon oncle. Ah !
me dit-elle en venant se jeter dans
mes bras, s'il faut être traitée du-
rement et avec défiance, j'aime
mieux que ce soit par d'autres que
par mon père. Ce mot si touchant
pénétra mon cœur, je la serrai dans

mes bras avec la plus vive tendresse; j'allois lui dire « reste avec
moi et sois heureuse : » mon frère
devina ma pensée et, sous le prétexte de nous épargner des adieux,
il entraîna Julie. Mes yeux et mon
geste lui recommandèrent cette
chère enfant; elle partit et je restai seul avec le sentiment pénible
que ma fille avoit voulut me quitter. Mon fils, oseras-tu me blâmer
si je t'avoue que ma haine contre
les Burgau se réveilla avec une
force dont je ne me croyois plus
capable; ils m'avoient arraché suc-
cessivement tout ce que j'aimois;
par eux ma jeunesse fut empoison-
née, et par eux encore j'étois privé
dans ma vieillesse de ma seule consolation : je rendois justice cependant aux vertus du comte Eugêne;
mais, disois-je avec amertume, c'est

pour mon malheur qu'il est vertueux, sans ses vertus je serois toujours le plus fortuné des pères.

Deux tristes mois s'écoulérent ,
je recevois souvent des lettres de
ma fille; ce n'étoit plus ce doux
abandon, cette confiance intime
qui répandoit tant de charme sur
notre relation ; elle évitoit de me
parler du seul objet qui remplis-
soit sa pensée; mais elle étoit tendre, sereine, gaie même quelquefois et paroissoit se plaire chez son
oncle. Celui ci m'écrivoit aussi et
m'assuroit qu'il avoit déja beaucoup gagné « Julie, me disoit-il,
« ne soupire plus, elle n'a plus
« cette physionomie et ce maintien
« d'une héroïne de roman malheu-
« reuse; elle est à la conversation,
« elle écoute, elle répond, elle
« rit même quelquefois; cependant

« ici elle n'entend jamais parler de
« son amant et rien ne le lui rap-
« pelle. Je n'use avec elle d'aucune
« autre rigueur que de ne pas la
« laisser sortir seule ; une fille dont
« je suis sûr, qui a été élevée avec
« Amélie, ne la quitte jamais et
« l'accompagne dans ses prome-
« nades qui ne sont pas au delà
« de mon parc. Julie se soumet
« sans murmurer à cette règle, et
« je commence à espérer sa guéri-
« son sans moyens bien violens. «

Il ajoutoit que sa fille devant
aller dans peu de tems à Berlin
chez ses parens maternels, il espéroit que je lui laisserois Julie pour
la remplacer pendant cette absence.
Ces détails m'enchantèrent ; j'écrivis à ma fille que je désirois qu'elle
prolongeât son séjour chez son
oncle ; je prétextai même des pro-

jets de voyage pour la tranquilli-
ser à mon égard. En effet je parcourus toutes mes terres, je m'occupai de mes établissemens, et six
mois s'écoulérent encore plus vîte
que les deux premiers, parce que
j'étois animé par l'espérance de
retrouver ma Julie comme au tems
de notre bonheur.

Que l'homme connoît peu sa
destinée ! J'étois heureux déja par
cette espérance et je touchois au
plus cruel des malheurs.

Le premier qui vint me frapper
comme un coup de foudre fut la
mort de mon frère. De retour chez
moi je voulois aller le voir et reprendre ma Julie quand je reçus
un exprès d'elle ; elle m'apprenoit
que son oncle avoit fait à la chasse
une chute de cheval très - dange-
reuse, et qu'il restoit peu d'espoir

de le sauver. Je partis à l'instant et quand j'arrivai il n'existoit plus; ma fille lui avoit rendu les soins les plus assidus. Je la retrouvai fatiguée, abattue, mais plus tendre, plus caressante avec moi qu'elle ne l'avoit été depuis longtems; elle partageoit ma douleur qui fut vive et réelle. Je regrettai mon frère, je le regrettai sincérement et ce que j'héritois par sa mort ne me consola point. Tous les fiefs qui ne devoient pas sortir de la famille de Steinthal m'étoient substitués et après moi, à défaut d'héritier mâle, à un de nos parens. La terre que mon frère habitoit et dont j'entrois en possession étoit une des plus grandes. Je reçus l'hommage de mes nouveaux vassaux; tous regrettoient leur belle et jeune comtesse Amélie qui les gouvernoit despotiquement, mais avec des graces et un affabilité qui lui gagnoient les cœurs. Son père la laissoit par son testament maîtresse absolue des biens dont il pouvoit disposer et qui étoient très-considérables, mais sous ma surveillance tant qu'elle ne seroit pas mariée. Je lui écrivis tout de suite que si elle avoit quelque préférence pour cette terre où elle étoit adorée, je la priois d'y revenir et de la diriger pendant ma vie comme si elle lui appartenoit encore ; mais en me remerciant de cette offre elle m'apprit qu'elle alloit épouser le baron de Rosbane, seigneur de Lobenstein où elle iroit vivre ; et en effet le mariage ne tarda pas à se conclure.

Alors je me décidai à rester moi-même au château de mon frère.

Cette terre étoit situé dans un plus beau pays que la mienne. Julie paroissoit s'y plaire davantage, et j'avois d'ailleurs très à cœur d'obtenir l'amitié de mes vassaux et de leur faire assez de bien réel pour les consoler d'avoir perdu leur Amélie. Dès que le trouble que la mort de mon frère avoit occasionné fut passé, et que je fus tout-à-fait établi dans cette belle demeure, je m'occupai à former des établissemens avantageux à mes paysans, comme j'avois fait dans la terre que j'habitois précédemment; mais pour obtenir ce but, pour assurer la durée de mes projets il falloit me concerter avec celui qui devoit me succéder. C'étoit un comte de Steinthal que je connoissois peu et qui passoit pour un homme dur et difficultueux; je résolus de lui

parler , de lui faire sentir l'utilité
de mes vues et de l'engager à y
entrer. Des maisons de travail ,
des écoles , des manufactures de-
mandoient des avances énormes
dont lui seul ou ses enfans retire-
roient les avantages ; mais je con-
sentois à les faire s'il vouloit me
donner l'assurance qu'après moi
mes établissemens subsisteroient et
que les paysans seroient heureux.
J'annonçai donc à Julie que je la
quitterois pour quelques jours. Les
embarras qui sont la suite d'une
mort, d'un déplacement, m'avoient
tellement occupé que je n'avois pas
eu un instant pour m'entretenir
avec elle sur ce qui la regardoit :
espérant d'ailleurs que son amour
étoit affoibli, je croyois qu'il valoit
mieux suivre le système de mon
frère et ne plus lui parler de celui

qu'elle devoit oublier. Cependant
je la laissois seule, la femme de
chambre à qui elle étoit confiée
s'étoit mariée depuis peu dans un
village voisin. Julie, lui dis je en
partant et en souriant, je te laisse
ici sur ta bonne foi, c'est *à toi-
même* que je te confie, et je suis
sans crainte. Elle rougit beaucoup;
mon père, me dit-elle en joignant
les mains, votre fille ne veut pas
vous tromper, daignez l'entendre.
Votre amitié pour mon oncle étoit
le plus grand obstacle à mon mariage avec Eugène..... cet obstacle n'existe plus; m'est-il défendu
d'espérer? Julie, lui dis-je en lui
jettant un regard sévère, il vous
est défendu de prononcer ce nom
dans ce moment, vous auriez dû
le sentir et vous taire.

A peine mon frère avoit cessé

d'exister et ma fille regardoit sa mort comme un bonheur; elle demandoit une union qu'il avoit eue en horreur, cela me parut une insulte à sa mémoire et je partis assez mécontent de Julie et très-affligé de voir qu'elle n'étoit pas aussi calme que je l'avois pensé.

J'arrivai chez mon parent et je le trouvai tel qu'on me l'avoit dépeint, son cœur étoit glacé; son esprit rétréci n'avoit aucune idée noble, libérale, et le bonheur de l'humanité étoit pour lui un mot vuide de sens; il mit des obstacles à tout ce que je lui proposois pour le bien de nos vassaux; il vouloit que je lui disse précisément ce que tel ou tel établissement lui rapporteroit dans la suite, et par un froid calcul il anéantissoit tous les vastes plans de mon imagination, tous

mes projets de bienfaisance et d'u-
tilité. En vain je m'épuisois à lui
faire sentir les avantages immenses
qui en résulteroient ; il m'écoutoit
sans me comprendre, me répondoit, ou par une ironie sur mon
enthousiasme, ou par une dureté
sur les paysans, et je vis bientôt
qu'il n'y avoit rien à espérer de
lui. Il faut savoir combien je les
aimois ces bons villageois et le vif
intérêt que je mettois à améliorer
leur sort, pour comprendre à quel
point je fus contrarié d'y rencontrer des obstacles. Je réfléchissois
aux moyens de les vaincre quand
les deux enfans du comte entrè-
rent dans la chambre ; on me les
présenta, c'étoit une fille de vingt
huit à trente ans, et un fils un peu
plus jeune. La comtesse Dorothée
qui me parut la favorite de son
père

père étoit grande et belle, mais sans graces ; elle avoit un maintien froid et dédaigneux. Son père me vanta beaucoup ses talens pour l'économie champêtre ; elle lui étoit si utile qu'il n'avoit pu, disoit-il, se résoudre encore à la marier. Le jeune comte me plut davantage ; une figure agréable, un air de franchise et de bonté me prévinrent en sa faveur ; il aimoit la chasse, la campagne, et parut m'écouter avec intérêt quand je parlois de choses qui étoient relatives à ces deux objets. J'eus alors l'espoir que par les enfans je pourrois obtenir ce que je voulois du père, et je leur fis à tous deux beaucoup d'amitiés. La comtesse Dorothée descendit un peu de sa dignité et ne parla point mal d'agriculture. Son frère me fit des questions sur les forêts et le

Tome V.   D

gibier de mes domaines. Le père ne
disoit rien et nous écoutoit ; nous
nous séparames le soir assez bons
amis. Ce jeune homme, pensois-je,
est l'héritier de son père, c'est à
lui que les terres de la famille ap-
partiendront un jour, et c'est lui
qu'il faut gagner. Je redoublai donc
les jours suivans mes prévenances :
bientôt je m'apperçus que la comtesse Dorothée conduisoit son père,
qu'il faisoit tout ce qu'elle vouloit,
et je lui fis aussi la cour ; je leur
expliquai mes plans, ils y applau-
dirent tous deux et je repris un
peu d'espérance, d'autant plus que
le père me parut aussi moins reni-
tent que la veille.

Le quatrième jour j'étois à peine
levé que je vis entrer le vieux comte
dans ma chambre. Vous tenez donc
beaucoup, mon cousin, me dit-il,

à tous ces projets dont je ne sens pas trop la nécessité, mais c'est là votre fantaisie ?

Dites plutôt mon devoir, répondis-je, et le plus saint des devoirs ; la providence ne m'a pas confié le bonheur de tant d'êtres qui sont mes égaux à ses yeux pour que je reste dans l'inaction et pour ne pas m'en occuper comme un père de ses enfans, ainsi je....

Comme il vous plaira, me dit-il en m'interrompant, chacun à son goût ; moi je ne m'occupe que des enfans qui sont bien à moi. Comment trouvez-vous ma Dorothée ? charmante, n'est-ce pas ? C'est une fille comme il n'y en a point au monde, et mon fils, un joli garçon, n'est-il pas vrai ?

— Vous me paroissez un heu-

D 2

reux père, mon cousin, et je vous
en félicite.

— C'est vous, mon cher cousin,
me dit-il en me frappant sur l'é-
paule, c'est vous qu'il faut en féli-
citer. Vous n'êtes pas le seul qui
faites des projets ; j'en ai fait aussi
cette nuit et les miens aideront les
vôtres.... j'ai déja parlé à ma fille,
vous lui plaisez quoique vous ne
soyez plus jeune ; mais vous avez
encore, dit-elle, tout le feu d'un
jeune homme, et je le crois bien
à côté de ma Dorothée ! Eh ! bien,
j'y consens, prenez-la, je vous la
donne, et mon fils à votre Julie.
Tout est dit, n'est-ce pas ? Cela va
à merveilles : si Dorothée vous
donne un héritier, comme je n'en
doute pas, alors les terres sont à
vous et vous y ferez ce qu'il vous
plaira. Si vous n'en avez point,

elles seront à votre gendre et à vos petits-fils, et c'est encore la même chose. Qu'en dites-vous, cousin ? Mes projets, je crois, valent bien les vôtres. Dois-je faire venir le notaire ? passons-nous les deux contrats ? allons-nous chercher votre fille ? Vous n'avez pas du tems à perdre si vous voulez bâtir, planter et avoir des héritiers.

Il auroit pu parler plus long-tems sans être interrompu : je l'écoutois avec un étonnement stupide. Jamais la pensée de me marier ne m'étoit venue à l'esprit : veuf à vingt-six ans j'avois réuni sur ma fille toutes les affections de mon cœur, et j'aurois cru commettre un crime en lui donnant une belle-mère. J'avois actuellement quarante-six ans ; sans doute je n'étois pas assez âgé pour qu'il fut ridicule de

me proposer un nouveau lien; mais
si ma vie retirée avoit conservé ma
santé et ma figure, elle m'avoit
vieilli au moral et je m'étois accou-
tumé à me regarder moi - même
comme un vieillard. Le projet de
mon parent me parut donc au
premier moment la chose la plus
extraordinaire.

Je lui répondis en souriant que
j'étois confus de ses bontés, mais
que je me rendois justice et qu'il
ne me persuaderoit pas qu'à mon
âge j'eusse pu faire en si peu de
tems la conquête de la belle comtesse Dorothée.

— Rien n'est plus vrai cependant,
me dit-il, et elle vous la confirmera
elle - même quand vous le vou-
drez. Ma fille a les goûts solides;
d'ailleurs, mon cousin, vous êtes
encore d'un bon âge et bien con-

servé. Allons, je vous laisse y penser, mais la chose est si raisonnable
que je la regarde comme faite; adieu
mon gendre, et il sortit.

Ah ! sans doute il me laissoit
beaucoup de choses à penser; je
ne pouvois me dissimuler combien
ce double mariage auroit convenu
sous tous les rapports : il m'assuroit la possession de toutes les terres dont je n'avois que la jouissan-
ce, et la liberté de les diriger à
mon gré; il fixoit ma fille auprès
de moi, je devenois son frère et
ce nouveau lien sembloit encore
me rapprocher d'elle en même tems
qu'il m'éloignoit à jamais des Burgau. Mais Julie y consentiroit-elle ?
ce mot qu'elle m'a dit en partant
ne prouve-t-il pas qu'elle tient encore à son amour ?.. peut-être aussi
est-ce un dernier essai qu'elle a

cru devoir à ses engagemens avec
le comte Eugêne, et je lui avois
trop marqué combien il me déplai-
soit pour qu'elle osât le réitérer....
mais lui proposer déja un autre
époux, cela étoit impossible.

On vint me demander pour le
dîner avant que j'eusse pris aucune
résolution, avant que je pusse même imaginer ce que je répondrois
à mon cousin : j'avois bien dans
mon cœur le désir et le projet d'un
refus complet, mais malgré moi
je pensois à mes établissemens, au
bien que je pourrois faire à mes
vassaux, à la fortune immense
dont mes descendans jouiroient et
qui resteroit entière dans ma famille, au lieu de passer dans celle
des Burgau, et peut-être à mon insçu
mon amour propre étoit-il flatté
de la préférence de la belle Doro-

thée. Il est certain du moins qu'en
entrant dans le sallon je la vis sous
tout un autre point de vue que la
veille. Un embarras qu'elle ne cherchoit pas à cacher lui ôtoit cet air
de froideur et de dignité qui m'avoit
frappé désagréablement au premier
abord : sa taille étoit superbe et,
quoi qu'elle n'eût plus la fraicheur
de la première jeunesse, son teint
étoit d'une blancheur éblouissante,
et la rougeur qui couvrit ses joues
lorsque j'entrai l'embellit encore.
J'avois espéré qu'il ne seroit question de rien, mais mon cousin s'entendoit aussi peu à ménager la délicatesse de sa fille que le bien-être
de ses vassaux. Tout ce qu'il vouloit, ou plutôt tout ce que vouloit
la comtesse Dorothée devoit être
exécuté à l'instant. A peine fus-je
entré qu'il m'entraîna vers elle en

D 5

me disant « regardez comme elle rougit, demandez-lui à elle-même s'il n'est pas vrai que vous lui plaisez, et quand vous serez bien rassuré là dessus nous terminerons en deux mots. » Certainement la comtesse Dorothée n'étoit pas plus embarrassée que moi. Elle en fut quitte pour baisser les yeux et sourire, mais que pouvois-je, que devois-je dire? depuis si longtems étranger à tout ce qui tenoit à la galanterie, en ayant totalement oublié le langage, presque décidé à refuser le bien qui m'étoit offert, n'osant pas le déclarer en face à celle dont le doux sourire me confirmoit ce que son père m'avoit dit de sa part, craignant également et de l'offenser et de m'engager; j'étois vraiment malheureux. Je prononçai en balbutiant quelques paroles insignifiantes sur la différence de nos âges, sur ma mélancolie habituelle, sur ma *sauvagerie*, etc. etc. On avoit réponse à tout, et tous mes goûts étoient précisément les siens. Je parlai de ma tendresse passionnée pour ma fille qui ne laissoit place dans mon cœur pour aucun autre sentiment : on me dit à demi voix qu'il seroit doux de le partager avec moi, et qu'un aussi bon père devoit être le meilleur des époux. Le jeune comte s'écria avec vivacité : je me charge de dédommager l'aimable Julie de ce qu'elle pourra perdre dans votre cœur. On parloit enfin comme si tout eût été conclu ; je vis que mon vieux parent avoit tout arrangé, que ses enfans étoient d'accord et qu'on ne mettoit pas même en doute mon consentement et celui

de ma fille. Je pouvois me tirer de
là par un refus clair et positif ; mais
je sentois bien que ce refus me
brouilleroit à jamais avec mes suc-
cesseurs, et qu'il falloit renoncer
à tous mes plans pour le bonheur
de mes vassaux. Je crus donc qu'il
valoit mieux gagner du tems, me
concerter avec ma fille, savoir au
moins ce qu'elle en pensoit ; bien
décidé à ne rien exiger d'elle, à ne
pas lui donner de rivale dans mes
affections si ce projet blessoit son
cœur. Je ne nierai point cependant
que je désirois l'amener doucement
à y consentir. Je n'étois pas amoureux de la comtesse Dorothée,
mais elle me plaisoit à chaque instant davantage, elle entroit si bien
dans toutes mes idées, elle mon-
troit un désir si vif de se lier inti-
mément avec ma fille ; elle me té-

moignoit son estime et sa tendre
amitié d'une manière si franche,
si ingénue, et son frère étoit si
bien à l'unisson avec elle que je
commençois à croire que le bonheur se trouveroit aussi bien que
la convenance dans cette double
union, si ma fille vouloit y consentir. Mais ce sujet étoit si nouveau pour moi, je lui avois dit si
souvent que je ne me remarierois
jamais, que j'éprouvois un extrême
embarras à la seule idée de lui en
parler. Je résolus de la prévenir
par une lettre qui lui sauveroit à
elle même l'impression du premier
moment, et lui laisseroit plus de
tems à y réfléchir. Après le dîner
je dis à mon cousin que j'allois
écrire à ma fille et que, s'il le vouloit bien, il ne seroit question de
rien avant que j'eusse sa réponse.

Il m'approuva, donna ses ordres
pour qu'un courier à cheval portât
ma lettre, et je me retirai pour
l'écrire. Ce fut un récit très simple
de ce qui s'étoit passé depuis que
j'étois chez mon cousin et de ses
propositions ; je lui faisois le por-
trait de ses deux enfans ; peut-être
pouvoit on s'appercevoir que je les
voyois d'un œil favorable et je
terminois ainsi :

« Depuis que j'ai su que ton cœur
« étoit engagé j'ai refusé même sans
« te le dire toutes les demandes
« de mariage qu'on m'a faites pour
« toi ; mais celle-ci méritoit une
« exception. Ce n'est plus de ton
« bonheur seul dont il est question,
« c'est aussi de celui d'une foule
« d'individus, de tous nos vassaux,
« et non seulement pour le présent,
« mais pour toutes les générations

« futures. Ma Julie ! ma fille ! mon
« unique amie ! te parlerai je aussi
« du bonheur de ton père ? Tu
« peux ajouter à ce titre si doux
« celui de *sœur*, de la sœur la plus
« tendrement chérie et qui toujours
« aura le premier rang dans mon
« cœur. Tu peux rester dans la
« famille de ton père et dans sa
« maison, ne plus le quitter, être
« heureuse avec lui dans la réu-
« nion des plus doux sentimens,
« porter le même nom que lui,
« le transmettre à tes enfans. Julie !
« Julie ! ne te fais plus d'illusion ;
« jamais ce nom ne pouvoit s'al-
« lier avec celui de nos ennemis ;
« ton cœur doit renoncer à cette
« chimère, il l'a déjà senti peut-
« être. Le cœur de Julie est capa-
« ble de tous les sacrifices que la
« raison et le devoir exigent. En-

« core un effort, ma fille, et nous
« serons tous heureux. » Je cache-
tai ma lettre et j'allai la porter au
comte pour la donner à son courier qui devoit partir dans la nuit,
Je passai le reste de la soirée au
sallon, il ne fut point question de
mariage, mais la comtesse Dorothée me fit expliquer en détail tous
mes plans d'amélioration pour mes
domaines et d'établissemens pour
le bien - être de mes vassaux. Elle
m'écouta avec un vif intérêt ; elle
ne laissoit passer aucune occasion
de dire des choses obligeantes sur
moi, sur Julie, et j'en vins à désirer vivement que la réponse de
ma fille fut favorable.

Le lendemain matin le jeune comte
n'étoit pas avec nous à déjeûner,
je le crus à la chasse ; mais à dîner,
ne le voyant point encore, je de-

mandai de ses nouvelles. Son père et sa sœur se regardèrent en souriant : enfin Dorothée me dit, il a demandé la place du courier et j'espère que demain il nous ramenera ma cousine Julie.

Comment , Julie, dis - je avec effroi ?

On diroit que cela vous fait peur, dit mon cousin, et cependant c'est tout simple ; nous en aurions fait autant à son âge ; il va chercher son épouse. Allez, soyez tranquille, il sera bien reçu avec ma lettre et la vôtre.

— Vous avez écrit à ma fille ?

— Eh ! oui sans doute , j'ai écrit à votre fille qui sera bientôt la mienne ; qu'est-ce qu'il y a là d'étonnant ? Il est vrai que je n'écris guère, elle doit m'en savoir gré ; mais aussi quand je m'y mets.....

Voulez-vous voir la copie? je gar[de]
toujours copie de tout ce que j'é[c]
cris, on ne sait ce qui peut arrive[r].
Il alla me la chercher ; il y av[oit]
d'abord en vedette au haut de [la]
page.

« Très-chère, très-belle, trè[s]
« aimable, et très-honorée cou[-]
« sine et future belle-fille, Juli[e]
« comtesse de Steinthal.

— Croyez-vous qu'on résiste [à]
cela, disoit le comte d'un air sa[-]
tisfait de lui-même ; je n'en ai ja[-]
mais tant dit à aucune femme ; ma[is]
la lettre.... Lisez, lisez. Elle co[m]
mençoit tout au bas de la page
et je lus.

« Aussi-tôt l'époux arrivé, exa[-]
« miné, embrassé, et la présent[e]
« reçue, nous espérons, très-bell[e]
» très-aimable et très-honoré[e]
« comtesse Julie, que vous vou[-]

« mettrez en chemin avec le dit
« époux Louis comte de Steinthal
« pour venir recevoir notre béné-
« diction paternelle , et bientôt
« après la bénédiction nuptiale.
« Vous trouverez tout prêt à votre
« arrivée, et votre papa, amoureux
« comme un jeune homme de ma
« Dorothée, n'est pas celui qui vous
« attend avec le moins d'impatien-
« ce , quoique je parie qu'il n'a pas
« osé vous le dire ; mais moi je
« dis tout franchement ce que je
« vois et ce que je pense, et sur
« ce, je vous assure, très-belle,
« très-aimable, très-chère et très-
« désirée cousine , et bientôt belle-
« fille, des sentimens de votre très-
« affectionné beau-père.

Le Comte SIGISM. DE STEINTHAL.

— Et cette lettre est partie, dis-
je en la finissant ? et votre fils en
est le porteur ?

— Et mon fils en est le porteur,
doutez-vous encore qu'il nous la
ramene ? Il me semble que je les
vois cheminer ensemble, cela avance bien les choses au moins, quinze
lieues en voiture, tout près l'un
de l'autre, tout seuls ; cela vaut
quinze mois de connoissance. Ils
vont nous arriver déjà tout fous l'un
de l'autre. Quelle bonne idée j'ai
eue là ! Et cette lettre !... pas mal
tournée, n'est-ce pas ? en quatre
lignes tout ce qu'il faut dire ; court
et bon, voila ma dévise. A quoi ser-
vent ces longs verbiages ? Du tems
perdu et voilà tout.

Pendant qu'il parloit je relisois
encore cette étrange lettre et j'étois
au supplice. Quel effet produiroit

elle sur ma délicate et sensible Julie ? Me croiroit-elle complice de cette précipitation, de cette épitre, de la visite du jeune homme, de tout ce qui devoit blesser son cœur et la désespérer ? Ma perplexité se peignoit sur mon visage. La comtesse Dorothée fixoit sur moi ses grands yeux bleus avec inquiétude. Son père qui me croyoit enchanté de sa lettre continuoit à vanter son style. Je les laissai et je m'en allai réfléchir à ce que j'avois à faire. Aller moi-même rassurer ma Julie, ce fut mon premier mouvement et plût au ciel que je l'eusse suivi ; mais trouver là ce jeune homme, le renvoyer confus, humilié, refusé de la fille et du père ! je n'en eus pas la force ; il valoit mieux l'attendre et agir d'après ce qu'il me diroit ; je restai

donc, mais je fis partir mon valet
de chambre que j'avois amené,
avec l'ordre de courir toute la nuit
et de porter à ma fille un billet
que j'écrivis tout de suite, par lequel je désavouois tout engage-
ment et tout autre sentiment que
celui qui m'attachoit à elle, où je
lui jurois qu'elle étoit libre et que
je ne voulois d'autre bonheur que
le sien.

Je me couchai plus tranquille;
mais le lendemain mes anxiétés
recommencérent. On attendoit le
jeune comte dans la soirée et je
comptois les minutes. A peine est-
ce que je pus adresser quelques paroles à la comtesse Dorothée : mes
yeux étoient toujours attachés sur
l'avenue. Enfin je vois arriver une
voiture, c'étoit lui ! Je me précipite
dans la cour, j'étois bien sûr qu'il

n'amenoit pas ma fille et cependant mon premier mot en le voyant ut; et Julie?

— Et Julie? répétoit derrière moi e vieux comte avec l'accent de la urprise de ne pas la voir à côté de son fils.

— Elle est indisposée, dit le jeune homme, je n'ai pu la voir ce matin et voici un billet.

Malade ! m'écriai je en arrachant le billet de ses mains; ma Julie malade ! qu'on prépare à l'instant ma voiture, dis - je aux gens qui dételoient celle du jeune comte, et j'ouvris en tremblant ce billet; il ne contenoit que deux lignes écrites d'une main mal assurée et presque effacées par des larmes. Le voilà, mon fils, c'est le dernier mot que j'ai reçu d'elle, je l'ai toujours porté sur mon cœur. Il sortit

de sa poitrine une boëte suspen-
due par un cordon et en tira un
petit papier qu'il tendit à Théodore ; celui-ci le prit, le porta sur
ses lèvres et lut avec peine. « Je
« ne serai jamais un obstacle au
« bonheur du meilleur des pères.
« Je la bénis celle qui le conso-
« lera des chagrins que je lui don-
« ne, celle qui remplacera dans
« son cœur sa Julie. Adieu pour...
« le reste étoit indéchiffrable. »

Schall le prit, le remit à sa place :
il y eut un moment de silence
douloureux, après quoi il recommença à lire son cahier.

Ah ! combien je connus alors que
l'amour paternel étoit le seul sentiment dont mon cœur fut capable.
Tout le reste fut anéanti pour moi,
je ne vis plus que ma Julie traçant
avec effort cet adieu déchirant ; je
n'eus

n'eus d'autre idée que celle qu'elle se croyoit mourante.

Elle est donc mal, bien mal, m'é-criai-je en saisissant les deux mains du jeune homme, au nom du ciel parlez, qui avez-vous vu? que vous a-t-on dit?

J'ai vu Julie elle-même, me ré-pondit-il, son mal doit être peu de chose: hier elle étoit bien, fort bien. Quand je me fis annoncer elle fut surprise et très-allarmée sur votre santé, elle accourut au devant de moi avec beaucoup de trouble. Que venez vous m'appren-dre, dit-elle, mon père.....

Est à merveille, comtesse, je vous apporte une lettre de lui : la joie la plus pure se répandit sur son beau visage. Je n'ai donc rien à craindre, dit-elle, elle baisa la lettre et me demanda la permis-

Tome V.   E

sion de sortir pour la lire ; alors
je lui remis aussi celle de mon
père et..... j'osai ajouter quelques
mots sur l'objet qui m'amenoit.
Elle pâlit, ne me laissa pas achever et sortit en me saluant. Ah !
monsieur le comte, me dit ce bon
jeune homme avec expression, je
crains.... je crains d'avoir fait un
bien malheureux voyage ; pourquoi l'ai-je vue ?

— Achevez, repris-je avec impatience, revint-elle auprès de
vous ?

— Oui monsieur, elle revint au
bout d'une heure et il me parut
qu'elle avoit pleuré. Lorsqu'elle se
fut assise elle me dit avec un sourire céleste : je vois, mon cousin,
que vous sayez le contenu des lettres que vous m'avez apportées. Je
m'inclinai et voulus baiser sa main,

mais elle la retira ; vous m'obligerez, dit-elle, de ne m'en parler
que devant mon père ; mais parlez-
moi de votre famille, de votre
sœur. Elle entra dans les plus grands
détails sur Dorothée ; elle voulut
que je lui dépeignisse sa figure,
son caractère, ses goûts, ses occu-
pations ; elle y revenoit sans cesse
et m'écoutoit avec le plus vif intérêt ; elle me fit servir un excellent
souper, ne mangea rien du tout
et me quitta d'abord après.

Ce matin de très-bonne heure
un domestique est venu dans ma
chambre ; il m'a fait des compli-
mens et des excuses de la part de
sa maîtresse, il a ajouté qu'elle
avoit mal dormi, qu'elle ne pouvoit se lever et qu'elle me prioit de
repartir et de vous remettre ce
billet.

Et rien pour moi , dit le vieux comte , aucune réponse à ma lettre ? C'est une singulière fille.

Pendant ce récit on avoit mis les chevaux à ma voiture ; en vain la comtesse Dorothée me conjuroit de rester, ou d'attendre au moins le retour de mon valet de chambre. En vain le vieux comte m'offrit de renvoyer quelqu'un chez moi et le jeune d'y retourner, je n'écoutai rien ; à peine pus-je en hésitant leur dire « adieu » ; et m'élançant dans ma voiture je donnai l'ordre au cocher d'aller aussi vîte qu'il lui seroit possible et de changer de chevaux à toutes les stations.

Je relus vingt fois ce billet sans savoir quel sens y donner ; j'avois plutôt le pressentiment d'un malheur que je n'en avois la crainte; plus j'avançois et plus elle s'affoi-

blissoit : encore quelques heures
et toutes les douleurs de ma fille
seront effacées ; elle saura que son
père ne veut vivre que pour elle.
Je sentois même alors que pour
expier le moment d'inquiétude que
je lui avois donné elle pouvoit
tout attendre de ma tendresse. Mon
impatience de la voir, de la serrer
sur mon cœur devenoit toujours
plus vive. Aux trois quarts du chemin je rencontre mon valet de
chambre, je fais arrêter, je tends
la main pour prendre la réponse
de Julie, je prononce son nom. Cet
homme s'avance avec l'air cons-
terné, commence quelques mots,
s'arrête, hésite, me fait souffrir
mille morts et m'apprend enfin
que la comtesse Julie avoit quitté
la veille le château et qu'on avoit
des indices certains qu'elle avoit

E 3

pris la fuite avec un comte de
Burgau qui demeuroit déguisé dans
les environs.

Vous le savez, grand Dieu qui
lisez dans les cœurs ! Le premier
mouvement que le mien éprouva
fut la joie la plus vive ; les premières expressions de mon domestique
m'avoient fait tout craindre. Elle
vit ! elle vit ! m'écriai-je en joignant
les mains, mon enfant vit ! Je la
retrouverai, je la bénirai, je bénirai son époux s'il la rend heureuse.
Je fis doubler les chevaux pour
arriver plus vîte, mais quand j'entrai dans ce château où ma fille
n'étoit plus, où tout me la retraçoit ; quand j'ouvris sa chambre,
ses armoires, ses tiroirs remplis
encore de ses effets... ô mon fils !
ô mon Théodore ! qu'elles sont
amères et cruelles les larmes d'un

père qui a repoussé les vœux de son enfant, qui n'a pas su faire son bonheur, qui la contraint à le fuir, à quitter le toit paternel.

En ouvrant son bureau je trouvai un rouleau de papiers assez gros; c'étoit les feuilles d'une espèce de journal écrit depuis qu'elle étoit chez son oncle; les voici : je te prie de les lire, mon fils, je n'ai jamais pu en achever un seul fragment sans être intérrompu par mes larmes : ah ! si j'eus des torts à me reprocher ce que j'ai souffert en parcourant ces pages a suffi pour les expier. — Théodore prit les feuilles et lut ce qui suit :

5 Août, de chez mon oncle.

« J'ai quitté hier le meilleur des
« pères, je l'ai quitté volontaire-
« ment; je l'ai quitté pour le trom-

E 4

« per, pour lui désobéir : malheu-
« reuse Julie ! est ce donc là que
« m'a conduit la plus vertueuse,
« la plus pure des passions ? Au-
« rois je pu croire un instant que
« je me séparerois de mon père
« avec un sentiment d'impatience
« et presque de plaisir ? Que lui-
« même verroit partir sa fille sans
« regret ? Les tems sont bien chan-
« gés, mais mon cœur ne l'est pas.
« Mon père, il vous chérit encore,
« il me semble que j'ai deux cœurs,
« l'un tout à mon père, l'autre
« tout à mon Eugène : objets ado-
« rés, que ne puis-je vous réunir,
« vous serrer en même tems dans
« mes bras, vivre et mourir avec
« vous ? J'ai cru pouvoir tout con-
« cilier, trouver à la fois mon
« bonheur dans la tendresse et
« dans mon devoir ; on ne me l'a
« pas permis.

« Oh! mon père, pourquoi vous
« êtes vous défié de votre Julie ?
« Pourquoi ces injurieuses précau-
« tions contre votre enfant ; con-
« tre celle qui vous avoit promis
« de ne plus revoir celui qu'elle
« aimera toujours, et qui auroit
« su tenir sa parole ? On me l'a
« rendue cette parole qui m'auroit
« été si sacrée. L'affreuse défiance
« dont on m'a entourée, mon exil
« de la maison paternelle, la per-
« mission de mon oncle, le refroidis-
« sement de mon père, tout m'au-
« torise à chercher, à retrouver
« le seul cœur qui sache apprécier
« le mien ; qui ne se défiera jamais
« du cœur de Julie, de ce cœur
« qui n'avoit pas une pensée étran-
« gère à mon père. A présent même
« encore, repoussée, humiliée,
« méconnue, je ne puis m'empê-

E 5

« cher de faire lire mon père dans
« cette ame qui lui fut toujours
« ouverte, c'est pour lui que je
« veux écrire ces feuilles, il les lira
« un jour, il verra que sa Julie
« est toujours la même. En atten-
« dant elles me feront une douce
« et sainte illusion, je croirai être
« encore avec lui, il sera toujours
« le témoin de mes actions, le
« confident de mes pensées, rien
« ne lui sera caché, j'en fais le
« serment, et ce serment sera pour
« moi comme une seconde cons-
« cience."

10ᵉ. Août,

„ Je l'avoue à mon père, c'est
„ avec le desir et l'espoir de voir
„ Eugène que je suis venue ici,
„ que j'ai accepté la proposition de
„ mon oncle. *Je te permets*, m'a-

» t-il dit, *de voir ton amant et de*
» *lui écrire si tu le peux.* Je vous
» ai regardé, mon père, et vous
» n'avez rien opposé à cette per-
» mission ; dès ce moment je me
» crois libre et je feraï tout pour
» voir Eugêne. Je le pourrai, j'en
» suis sûre, l'amour n'est-il pas
» aussi puissant que la haine? Mais
» qui lui dira que Julie est près de
» lui, qu'elle ne songe qu'à lui ?
» Cher Eugène, ton cœur ne t'en
» avertira-t-il pas? Hélas! ce ne sont
» plus les heures délicieuses du
» vallon que je demande ; tant de
» bonheur n'est plus fait pour nous.
» Qu'une fois seulement encore je
» puisse te dire que je t'aime, que
» je t'aimerai éternellement ; une
» minute encore de bonheur et je
» suis contente. Mais comment
» l'espérer ? On m'a donné une

E 6

» surveillante qui a l'ordre de ne
» jamais me quitter ; c'est une jeu-
» ne fille qu'on nomme Annette ;
» sa phisionomie est douce et sen-
» sible ; mais elle a été élevée avec
» ma cousine, elle ne doit pas
» croire à l'amour et je ne dois pas
» corrompre sa fidélité ; non, mon
» père, Julie n'aura pas ce tort à
» vous avouer, dut-elle ne pas re-
» voir Eugêne.

15°. Août.

» Je me trompois ; Annette con-
» noît l'amour, je suis sa confidente,
» elle deviendra la mienne et du
» moins j'aurai une amie. Il fut
» un tems où je n'en desirois point,
» où mon père étoit mon unique
» ami, le seul confident de mes
» innocentes pensées : je lui parle
» encore, mais il ne m'entend plus;

» un jour du moins il saura que
» sa fille a pu s'éloigner de lui en
» apparence, mais non pas lui
» mentir.

» Ce matin en nous promenant
» dans le parc nous avons rencon-
» tré un jeune paysan ; Annette a
» beaucoup rougi, elle est restée
» un peu en arrière et ils se sont
» parlé bas ; il a continué sa route ;
» elle s'est approchée de moi ti-
» mide et déconcertée ; je lui ai
« fait des questions sur ce jeune
» homme avec douceur, avec ami-
» tié ; des larmes rouloient dans
» ses yeux ; enfin j'ai lu dans ce
» cœur sans artifice, elle m'a tout
» avoué : elle aime Henri depuis
» son enfance ; mais la comtesse
» Amélie lui a défendu de songer
» jamais à l'épouser. Annette est
» une pauvre orpheline dont ma

» cousine s'est chargée et qui dé-
» pend absolument d'elle ; elle l'ai-
» me, dit-elle, son service lui plait,
» elle ne veut pas s'en séparer et
» lui promet de lui faire épouser
» une fois un parti bien au-dessus
» d'Henri ; mais non, non, me di-
» soit Annette en pleurant, je n'en
» veux point de son bon parti, je
» n'aimerai jamais que mon Henri.
» Je sais bien que je ne l'épouserai
» pas ; qui oseroit penser seulement
» à désobéir à la comtesse Amélie ?
» mais je n'en épouserai point d'au-
» tre ; un instant que je le rencontre
» en me promenant me rend plus
» heureuse que toutes les riches
» ses de ce monde ne pourroient
» le faire. — Chère enfant, lui dis-
» je en l'embrassant avec tendresse,
» oh ! oui tu as bien raison ; elle
» fut confuse et touchée. Comme

» vous êtes bonne vous madame la
» comtesse, vous ne dites pas comme
» ma maîtresse que l'amour est une
» folie, une chimère ; mon Dieu,
» pardonnez moi, j'ai fait semblant
» à la fin de le croire comme elle ;
» pour qu'on me laissât la liberté
» de me promener et de rencontrer
» Henri. Ah ! ah ! dit elle en riant,
» j'ai dit beaucoup de choses aussi
» contre l'amour et les amoureux,
» et depuis la comtesse Amélie se
» fie à moi comme à elle-même ,
» et . . . . et voilà pourquoi on me
» charge d'être avec vous. Je suis
» bien sûre que vous ne leur direz
» pas que j'ai rencontré Henri ;
» vous qui trouvez que j'ai raison
» de l'aimer.

— » Non bien sûrement, aima-
» ble enfant , chère Annette ; je
» veux être ton amie, la protectrice

» de ton innocent amour. Elle
» m'a baisé la main ; peu après ma
» cousine est venue nous joindre.
» Annette s'est retirée ; Amélie m'a
» fait son éloge : si je n'y avois
» pas mis ordre , ma-t-elle dit , elle
» avoit aussi de la disposition à
» devenir romanesque, mais à pré-
» sent c'est tout le contraire ; il ne
» faut qu'un peu de connoissance
» du cœur humain et l'art d'y pé-
» nétrer pour le diriger à son gré,
» et si vous vouliez aussi me croi-
» re... j'ai souri et rompu l'entre-
» tien. Pauvre Amélie ! tu crois de
» commander à l'amour.

25 Août.

» Annette sait aussi le secret
» de mon cœur, je le lui ai confié,
» mais je ne lui ai rien appris de
» plus ; ma cousine lui a conté ce

» qu'elle appelle *ma folie*. Annette
» a feint d'en paroître indignée et
» cela pour qu'on ne songe pas à
» me donner une autre surveil-
» lante; il ne tiendroit qu'à moi
» de profiter des dispositions de
» cette jeune fille; elle ne seroit
» pas fort sévère et elle m'a insinué
» de mille manières que je pour-
» rois me fier à elle...... Je n'ai
» rien accepté encore, votre fille
» est encore digne de vous; mais
» pourrai-je résister longtems à
» lui donner au moins une lettre ?
» Ce matin Henri est venu près de
» son Annette; je me suis pro-
» menée dans une autre allée
» pour les laisser causer en liberté.
» Qu'elle est heureuse Annette !
» *un instant passé avec lui vaut*
» *mieux que toutes les richesses*
» *du monde*, disoit-elle. Oh ! sans

„ doute mieux que les richesses,
„ mais non pas mieux que le cœur
„ d'un père. «

1 Septembre.

„ Oh ! mon père, vous qui fûtes
„ si bon, si indulgent pour votre
„ fille, partagez son bonheur ; je
„ l'ai revu ! je lui ai parlé ! Je viens
„ de passer une heure avec Eugè-
„ ne, avec celui qui seroit si digne
„ d'être votre fils. Mon père ! par-
„ donnez à votre fille ; et toi, mon
„ Eugène, pardonne aussi si ce
„ moment si doux n'a pas été tout
„ pour l'amour, si le souvenir de
„ mon père est venu le troubler.
„ Ce matin Annette avoit l'air plus
„ contente qu'à l'ordinaire ; Henri
„ viendra, m'a-t-elle dit bien bas
„ lorsque nous sommes entrées
„ dans le parc. J'ai soupiré, le

larmes me sont venues aux yeux
et, voyant bientôt Henri paroître dans le lointain, je me suis
détournée en faisant signe à
Annette d'aller le joindre. Je mar-
chois absorbée dans ma rêverie
pensant au bonheur d'Annette ;
j'ai entendu derrière moi le pas
d'un homme, je me suis retour-
née, c'étoit en apparence Henri ;
c'étoit du moins quelqu'un qui
avoit pris ses habits ; mais sous
ce déguisement j'ai bientôt reconnu mon Eugène. Mon père,
que n'étiez-vous témoin de ses
transports, de mon bonheur !
Ce bonheur auroit été trop grand
pour cette terre si mon père
l'avoit partagé. Nous nous sommes assis sur le gazon ; Annette
m'a dit qu'elle alloit veiller au
bout de l'allée pour qu'on ne vînt

» pas nous surprendre. Bonne An...
» nette, elle n'avoit pas son Henr...
» et elle étoit si contente. Eugèn...
» m'a conté qu'une jeune paysan...
» étoit arrivé chez lui et lui avoi...
» offert ses habits pour me voi...
» dans le parc de mon oncle ; j...
» savois que vous étiez ici, chèr...
» Julie ; séparé de vous depuis s...
» longtems, je n'ai cependant cess...
» de vivre près des lieux que vou...
» habitez. J'ai su ce que vous ave...
» eu à souffrir de votre famille ;...
» cent fois j'ai failli de tout hasar...
» der pour vous arracher à cett...
» tyrannie, mais vous étiez che...
» votre père et les droits d'un pèr...
» sont si sacrés ! J'appris enfin qu'i...
» vous remettoit à votre oncle...
» alors, Julie, je fis le serment de...
» veiller sur vous comme votr...
» ange gardien, de ne pas souffrir...

qu'il vous fût fait aucun mau-
vois traitement, aucune violence.
Je suis venu m'établir dans le
village sous des habits de chasseur et je cherchois les moyens
de me procurer quelque intelli-
gence dans le château, quand
ce bon Henri m'est apparu comme un ange tutélaire. Mon amie,
voyons-nous souvent sous la protection de leur innocente liaison
que nous protégerons à notre
tour. Julie, chère Julie, à force
de rigueurs on nous a rendus
l'un à l'autre et rien ne doit plus
nous séparer. Il m'apprit que sa
famille s'irritoit aussi de son attachement; Julie, m'a-t il dit avec
feu, laisserons - nous triompher
cette haine injuste et cruelle ?
A-t elle le droit de séparer deux
cœurs qui furent créés l'un pour

» l'autre ? J'ai déclaré aux Burga[...]
» que Julie de Steinthal étoit tou[...]
» pour moi, que je ne cesserois d[...]
» l'aimer qu'en cessant de vivr[...]
» Eugêne, ai-je répondu, vou[...]
» n'avez pas un père le meilleur[...]
» le plus chéri des pères ; et d[...]
» larmes à la fois douces et crue[...]
» les ont inondé mes joues. Chèr[...]
» Julie, disoit Eugêne, votre pèr[...]
» sera le mien aussi, n'en doute[...]
» pas, il bénira une union qu[...]
» n'ose permettre, mais qu'il sau[...]
» pardonner si vous avez le co[...]
» rage de m'avouer pour épou[...]
» Oh ! mon père, s'il étoit vrai[...]
» vous avez consenti à mon élo[...]
» gnement, mais votre regard p[...]
» ternel sembloit me dire : so[...]
» heureuse ma Julie. Repousserie[...]
» vous votre enfant qui revien[...]
» droit dans vos bras avec l'épou[...]

que son cœur a choisi ? Douce
illusion, viens consoler mon
cœur! Non celui de mon père ne
sera pas inflexible : je le demande à genoux à l'Etre suprême
qui lit dans le mien, qui connoît
mon amour et mes combats ; à
cet être si bon qui réprouve et
défend la haine, qui nous a donné l'ordre sublime d'aimer nos
ennemis. Ah! puisse-t-il amollir
le cœur de mon père !

12 Septembre.

» Après le tems que je passe avec
» Eugène les momens les plus doux
» de ma vie sont ceux où je l'écris
» à mon père ; que ne puis je lui
» envoyer ce journal dicté par
» mon cœur et non pas ces lettres
» que je fais partir à regret, où je
» n'ose pas même tracer le nom

» toujours présent à ma pensée.
» Fille fausse et méprisable ! J'af-
» fecte une tranquillité, une gaieté
» qui me sont si étrangères ; et quel
» est mon but ? C'est d'en impo-
» ser à mon père et à mon oncle ;
» c'est de leur persuader que je
» ne pense plus à celui qui m'oc-
» cupe sans cesse et que je vois
» tous les jours ; c'est d'obtenir par
» là qu'on me laisse ici où je puis
» continuer ces dangereux entre-
» tiens sans lesquels je ne puis plus
» vivre ; je ne les aurois jamais
» cherchés si mon père m'avoit
» conservé sa tendresse, sa con-
» fiance, s'il m'avoit permis de lui
» dire quelquefois, *j'aime Eugène*
» sans exciter sa colère, sans voir
» le mécontentement se peindre
» dans ses yeux : ce bonheur m'au-
» roit suffi, je n'en desirois point

d'autre.

» d'autre. Mais séparée de mon
» père, où trouver des forces con-
» tre l'amour ? je n'en ai plus, j'ai
» revu Eugêne et sa présence m'est
» plus nécessaire que l'air que je
» respire. Mon père, votre fille ne
» peut plus vivre sans lui ; mais
» même avec lui elle n'est pas heu-
» reuse ; elle ne peut l'être qu'en
» vous réunissant tous deux sur
» son cœur.

25 Septembre.

» Que deviendrai - je ? Je n'ai
» plus ma chère Annette ; ma cou-
» sine est partie précipitamment
» pour Berlin et l'a emmenée. Mon
» oncle ne se fioit qu'à elle seule
» du soin de m'accompagner, il
» ne me permet plus de me pro-
» mener qu'avec lui. Mon père,
» vous plaindriez votre Julie si

Tom. V.   F

« vous saviez ce qu'elle souffre !
» deux fois j'ai vu de loin le comte
» ou Henri , je n'ai pu distinguer
» lequel c'étoit; j'étois avec mon
» oncle, il n'a pas osé approcher.
» Mon père , votre Julie est bien
» malheureuse ".

1 Octobre.

» Ce matin comme j'allais sortir
» avec mon oncle, une jeune pay-
» sanne m'a présenté deux tour-
» terelles blanches que son frère,
» disoit - elle , avoit apprivoisées.
» Et qui est ton frère, a dit mon
» oncle? Henri Schmidt, a-t-elle
» répondu ; ce nom m'a éclairée :
» pendant que mon oncle causoit
» à la petite paysanne et lui don-
» noit quelqu'argent , je baisois les
» charmans oiseaux et j'ai senti
» sous une aîle un papier plié. J'ai

» demandé permission de les em-
» porter dans ma chambre, de leur
» donner à manger et j'ai bien vîte
» pris le papier caché sous l'aîle
» du messager de l'amour. C'est
« une lettre d'Eugêne ; qu'elle est
» tendre et touchante ! Cher Eugê-
» ne, j'avois bien assez de mon
» malheur, le tien m'est insuppor-
» table ! Il me demande d'aller le
» joindre ce soir dans le parc
» quand tout le monde sera retiré ;
» Henri a une clef de la grille qui
» sépare le parc du jardin, je la
» trouverai ouverte. Tu le sais
» Julie, me dit-il, si j'ai longtems
» obéi aux ordres cruels qui nous
» séparent ; le sort nous a toujours
» réunis, en t'arrachant à ton père
» on t'a rendu à ton amant, à ton
» époux. Nous ne devons plus nous
» quitter ; ce n'est plus notre

» ..our, Julie, que nous défen-
» drons contre une injuste tyran-
» nie, c'est notre vie : Eugène
» et Julie ne peuvent plus exister
» l'un sans l'autre. Il me dit de
» placer ma réponse sous l'aîle
» de la colombe et de la lâcher,
» elle a son nid et ses petits chez
» Henri, elle y retournera. Oh!
» mon père, déja dix fois j'ai écrit
» et effacé *j'irai, je n'irai pas.*
» La tourterelle s'agite, elle bat
» des aîles, elle vole à la fenêtre
» et semble me dire avec quelle
» impatience elle est attendue. Son
» tourtereau perché sur le dossier
» d'une chaise l'appelle avec un si
» doux roucoulement. Elle revient
» auprès de lui... cher Eugène,
» qu'ils sont éloquens tes tendres
» petits messagers! Eh! bien pars,
» charmant oiseau, va dire à mon

» Eugène que sa Julie l'aime aussi
» et ne peut vivre sans lui, va....
» Elle est partie, elle vole à tire
» d'aîle, c'est l'amour maternel qui
» la reconduit. Innocent oiseau !
» tu ne sais pas que tu sers un
» autre amour, un amour con-
» damné par un père... non, non,
» il ne le sera pas toujours ; une
» fois l'heureuse Julie présentera
» à son père, et son Eugène, et
» la blanche et jolie messagère.
» Alors, mon père, vous m'ap-
» prouverez de la lui renvoyer ;
» je le vois attendre son retour,
» hâter par ses vœux son vol rapi-
» de ; elle s'abat sur son nid, il
» cherche ma réponse sous l'aîle
» qu'elle étend sur ses petits et
» les uns et les autres sont heu-
» reux.

F 3

6ᵉ. Octobre.

» Notre douce petite messagère
» aîlée a porté fidèlement ma ré-
» ponse, et le soir même j'ai trouvé
» mon ami dans le parc ; je l'ai
» revu là tous les soirs et votre
» Julie est plus heureuse. Oh !
» mon père, que n'êtes - vous le
» témoin secret de nos entretiens !
» Bientôt, j'en suis sûre, vous vien-
» driez vous y joindre, vous bé-
» niriez la tendre union de vos
» enfans ! Julie aimée d'Eugène
» vous en deviendroit plus chère.
» C'est par lui, c'est par son amour
» que je crois avoir quelque prix ;
» il m'élève à mes propres yeux ;
» la femme choisie par Eugène doit
» avoir des vertus. Avec quelle
» tendre reconnoissance je sens
» que c'est à vous, mon père, que

» j'ai l'obligation d'être ce qu'il
» falloit pour l'attacher ! assise à
» côté de lui sous des berceaux
» odorans je vous place entre
» nous deux , je lui parle de mon
» heureuse enfance , de votre ten-
» dresse si active , si soutenue ; de
» cette confiance si entière. Je la
» méritois alors ! et toujours, tou-
» jours je l'aurois méritée si mon
» père avoit mieux connu le cœur
» qu'il a formé. Eugène m'assure
» que je la retrouverai, mais l'idée
» de l'avoir perdue , ne fût-ce que
» pour un instant , suffit pour
» troubler mon bonheur. Je ne lui
» cache ni ma douleur , ni les re-
» proches que je me fais. Ton père,
» me dit-il alors , repousse un
» comte de Burgau , mais il ne re-
» poussera pas l'époux de sa bien-
» aimée Julie ; s'il vouloit nous sé-

F 4

» parer à jamais il te proposeroit
» un autre époux, et je sais au con-
» traire qu'il a refusé tous ceux
» qui se sont présentés ; il n'ose,
» il ne sauroit peut-être braver sa
» famille, mais son cœur est à nous
» et son pardon nous attend.

20e. Octobre.

» Depuis quinze jours je n'ai pas
» écrit un mot dans ce journal. Je
» suis donc bien coupable puisque
» je n'ose plus écrire à mon père.
» Il le faut cependant, j'ai fait le
» serment que rien ne lui seroit
» caché ; ajouterai-je à ma faute
» un indigne parjure ? oh ! vous
» que je n'ose plus nommer de ce
» nom si cher, si respectable ; de
» ce nom qui devoit seul être mon
» égide, aurez-vous pitié de Julie ?
» Vous m'avez banni de votre

» présence, séparé de mon pro-
» tecteur, de mon guide, livré
» sans défense à une passion in-
» vincible... j'ai succombé... et je
» ne puis pas seulement cacher
» ma foiblesse et ma honte dans
» le sein de mon père ! Nous som-
» mes vertueux, disions nous avec
» orgueil, qu'avons-nous à crain-
» dre? Et dans notre folle sécurité
» nous avons bravé le danger et
» nous sommes tombés ! L'un de
» nous n'est pas plus coupable que
» l'autre, tous deux nous adorons
» la vertu, tous deux nous gémis-
» sons d'avoir pu l'abandonner un
» instant, et d'un commun accord
» nous avons fait le vœu de ne plus
» nous revoir qu'aux pieds des au-
» tels ; nous nous punissons nous-
» mêmes d'une foiblesse involon-
» taire. Oh ! cette nuit si belle, si

F 5

» calme ; ce bosquet odorant foi
» blement éclairé par la douce lu
» mière de la lune, mille rossignol
» chantant autour de nous leu
» amour et leur bonheur, Eugèn
» si tendre, Julie si foible ; mai
» pourquoi chercher des excuses
» Non, je n'en ai point, *votre fill*
» n'en peut point avoir ; un instan
» j'ai cessé de penser à mon père
» et cet instant m'a perdue. Qu'il
» fut affreux le moment de mon
» réveil ! Eugène prosterné à me
» pieds, implorant mon pardon
» me nommant son épouse, s
» compagne adorée ; cet Eugèn
» tant aimé ne put me consoler
» Je suis à toi, m'écriai-je, éter
» nellement à toi, mais je ne
» reverrai plus que pour serrer l
» lien qui doit nous unir à jama
» Je m'arrachai de ses bras ; il me

« laissa aller et, les yeux élevés
» au ciel, il prononça le même
» vœu; non, dit-il avec fermeté,
» jusqu'à ce jour fortuné je ne
» reverrai plus Julie. Il me serra
» contre son cœur.... et je ne l'ai
» pas revu.... je ne le reverrai
» jamais.

Le comte interrompit ici Théodore; j'ai supprimé, lui dit-il, plusieurs feuilles du journal de ta
mère qui ne contenoient que la
répétition touchante de ses remords, des combats de son cœur
entre une passion augmentée par
cet instant d'oubli qu'elle se reprochoit si amérement, et sa tendresse filiale. Elle persista avec un
courage, une fermeté audessus,
peut-être, des forces humaines à
ne pas revoir le comte Eugène;
plus foible qu'elle il erroit sans

cesse et le jour et la nuit aux en
virons du château, avec l'espo
de la rencontrer; ce fut envain
Julie ne sortit plus, mais l'apper
çut souvent de sa fenêtre et ré
sista à la tentation d'aller le joi
dre. L'hiver entier s'écoula de cett
manière; je voyageois et je n
reçus point de lettre d'elle. Mo
frère trompé sur le motif de s
retraite la crut guérie, parce qu'el
étoit douce tranquille et sédentai
il me l'écrivit et je le crus auss
Son journal étoit le seul confide
de ses peines et de ses inquiétude
cruelles, elles augmentèrent chaqu
jour et décidèrent enfin de son so
Reprends ces feuilles, mon fils,
fragment que tu viens de lire étoit d
mois d'Octobre; celui qui suit e
du mois de Mars: pendant ce lon
espace ta malheureuse mère s'éto

apperçue de ton existence, et ton
père l'ignoroit encore, et elle ne
l'avoit pas revu. Infortunée Julie!
une faute expiée par tant de tourmens et de courage ne doit plus
t'être reprochée.

15 Mars.

« Cinq cruels mois sont écoulés
« et je ne l'ai pas revu celui que
« j'aime à présent doublement, à
« qui je suis attachée pour la vie
« par le plus fort des liens. Mon
« père! oh! mon père! ce n'est
« plus Eugène seul qui l'emporte
« sur vous, c'est son enfant, c'est
« le mien. Il ne m'est plus permis
« de balancer et mon sort est dé-
« cidé. Mais où est-il, mon Eugène?
« Ma fermeté n'aura-t-elle pas lassé
« sa patience? Non, je n'ajouterai
« pas à mes tourmens celui de

» douter de son amour. Si seule-
» ment je pouvois lui écrire, lui
» apprendre que le premier de
» mes devoirs est actuellement de
» l'aimer, de le suivre, de porter
» son nom, de soigner, d'élever
» avec lui l'être innocent qui nous
» doit la vie. Mon père, pourrez-
» vous aimer l'enfant de votre Ju-
» lie? Le sang des Burgau coule
» dans ses veines....

Théodore laissa tomber les papiers, il se précipita dans les bras
de son grand-père et, levant les
yeux au ciel, il s'écria » oui, ma
mère, il aime ton fils et ton fils le
chérit "! Le comte trop ému pour
parler laissa tomber sa tête sur les
épaules de son petit-fils; leurs larmes se confondirent, enfin il fit
signe à Théodore de relever les
papiers et de continuer.

20 Mars.

» Je ne croyois pas que mon
» malheur pût augmenter et cha-
» que instant y ajoute encore. Ce
» matin mon oncle, qui depuis
» quelque tems me témoigne beau-
» coup d'amitié, m'a loué de ma
» raison et de ma sagesse. Grand
» Dieu ! de ma sagesse ; et pour
» m'encourager il m'a donné à lire
» une lettre qu'il a reçu de vous.
» Elle est là devant moi cette cruelle
» lettre qui anéantit toutes mes es-
» pérances ; je veux avoir la force
» de la copier ici, peut-être quand
» vous lirez ce journal serez-vous
» assez touché des malheurs de
» Julie pour révoquer ce cruel
» arrêt.

Quel plaisir tu me donnes, mon
frère, en m'apprenant que Julie est

plus raisonnable et paroît oublier
le comte Eugène. Sans doute il
m'en coutoit de l'affliger, cette fille
chérie, mais je devois cette rigueur
à notre nom, à notre père, à la
plus légitime des vengeances. Non
tu peux m'en croire; un instant de
tendresse paternelle m'a fait désirer
une reconciliation avec les Burgau,
mais je sens à présent qu'elle étoit
impossible et que ma tendresse pour
Julie m'aveugloit. Je le sens à la
joie que mon cœur éprouve de l'heureuse guérison du sien ; je n'aurai
donc plus à combattre contre sa douleur et l'horreur d'être père d'un
Burgau. — Non jamais, jamais je
n'y aurois consenti ; mon ame entière se soulève à cette idée. Ma
fille porter le nom des assassins de
mon père et de mon amante ! non,
mon frère, reçois le serment qu'il

n'y aura jamais d'union avouée par
moi entre les Steinthal et les Burgau, dussé-je renoncer au bonheur
de me voir renaître dans les enfans
de ma Julie ; ces enfans me seroient
odieux s'ils portoient ce nom détesté.

„ Mon père, mon père! mes for-
„ ces m'abandonnent, révoquez ce
„ cruel arrêt, Julie vous le de-
„ mande à genoux! ne le maudis-
„ sez pas l'enfant de votre Julie ”
— Qu'il soit béni mille fois, s'écria
Schall en posant une main sur la
tête de Théodore, et élevant l'autre au ciel, Julie, Julie, si tu es
déjà revêtue de la forme d'un ange
vois les larmes de ton père! Vois-
le dans les bras de cet enfant chéri
et pardonne-lui. Théodore se mit
à genoux devant son grand-père,
baisa la main qui le bénissoit en
prononçant ces mots ; au nom de

ma mère ; et il y eut un moment
d'un tendre et respectueux silence,
puis le jeune homme tenant toujours le vieillard embrassé recommença sa lecture.

22 Mars.

„ Il me sembloit que je ne pou-
„ vois plus éprouver un sentiment
„ de joie ; aucun moyen d'écrire
„ à Eugène ne se présentoit à mon
„ esprit ; dans mon désespoir j'ai
„ eu un instant l'idée de demander
„ à retourner auprès de mon père,
„ et .... mais cette lettre , cette
„ cruelle lettre ! non jamais je n'au-
„ rois la force d'avouer ma faute,
„ de voir ses yeux se fixer sur moi
„ avec le regard de la colère et du
„ mépris, de l'entendre maudire
„ peut-être un nom qui sera celui
„ de mon enfant, le nom d'Eugène

... jamais, plutôt fuir les lieux ... plutôt ne jamais le ... Découragée, abattue, ... sans secours, il ne ... pas même permis de dé... mort, le dernier refuge ... malheureux?... La porte de ... s'ouvre et je vois en... bonne, ma compatis... Annette ; j'ai cru d'abord ... revenoit avec ma cousine, ... bientôt j'appris que c'est à ... cher Eugène que je dois ce ... bonheur, et qu'Annette lui de... le sien ; il a obtenu de ... es amis le baron de Das... donneroit à Henri une ... fermes assez lucrative, et ... demanderoit Annette en ... pour son *nouveau fermier* ... comtesse Amélie, sans lui ... que c'étoit l'amant d'Annette.

» Elle ne s'est pas doutée que
» riche fermier de monsieur
» Dasberg et le pauvre Henri p
» sent être un seul et même homm
» Le baron est parent d'un mo
» sieur de Rosbane qui fait la co
» à ma cousine; pour l'obliger é
» a ordonné à Annette d'épous
» le fermier du baron de Dasbe
» qui lui faisoit l'honneur de p
» ser à elle. Annette étoit pré
» nue, elle a feint un peu de ré
» tance; la comtesse lui a dit qu'
» vouloit être obéie et l'a renvoy
» ici avec une lettre pour m
» oncle où elle lui demande
» conclure à l'instant ce maria
» Annette est au comble de la j
» elle rit aux éclats d'avoir d
» sa despotique maîtresse. Pau
» Amélie ! voilà ce que tu gag
» à te faire craindre plutôt que

te faire aimer ; on feint de t'o-
béir et l'on te trompe. Le récit
d'Annette, sa douce gaieté, son
bonheur ont fait un instant di-
version à mes peines ; mais j'aurai du moins à présent un moyen
de correspondre avec Eugêne,
de lui apprendre le nouveau lien
qui nous unit. Pourquoi faut-il
qu'au moment où j'en sens toute
la puissance je sois forcée d'affliger mon père ? oh ! s'il pouvoit s'attendrir, si j'osois lui dire,
si cet enfant..... combien il m'en
deviendroit plus cher encore,
mais non *l'enfant d'un Burgau*
lui seroit odieux.

24 Mars.

J'ai reçu la réponse d'Eugêne,
qu'elle est forte et pressante ; *ce*
n'est plus à mon amante, me dit-il,

que je demande avec ardeur le titre
d'époux, c'est à la mère de notre
enfant, de ce précieux gage
notre amour; Julie, pourquoi
tarder d'un seul jour ? viens légitimer aux pieds des autels tous les
sentimens dont nos cœurs sont remplis; viens, ma bien aimée; Julie
ne doit plus rougir d'être mère
ce titre si doux, si auguste doit
la consoler de ses peines et non pas
y ajouter. Le premier devoir qui
t'impose est de donner ta main et
ta foi au père de ton enfant. Sans
doute aux yeux de Dieu tu es depuis longtems mon épouse, mais
viens renouveller le doux serment
qui nous lie devant un de ses minis-
tres; celui du village de Dasbe
fut mon instituteur, je suis sûr de
lui, dans peu de jours il doit, je
le sais, bénir le mariage d'Henri

...t d'Annette. *Nous devons à ce ten-dre couple de nous être réunis, nous leur devons encore la possibilité de nous unir pour jamais. Julie, de-mande à ton oncle d'assister au mariage d'Annette, il ne te le re-fusera pas, et une demi-heure après, dans la même église sans autre té-moin que ces heureux époux, nous serrerons le même nœud et nous irons sous un autre ciel chercher et trouver ce bonheur que la haine nous refuse.* "

» Mon père j'irai à la noce d'An-nette; obéir à Eugène est actuel-lement le premier de mes de-voirs; mais j'espère encore réunir ceux de fille et de mère et je ne suivrai mon époux que lorsque je n'aurai plus l'espoir de fléchir mon père. "

25 Mars.

,, Graces au ciel je n'ai pas eu
,, besoin de demander à mon oncle
,, sa permission pour aller former
,, un lien qui lui fait horreur. Il
,, m'a dit ce matin qu'il me prioit
,, d'aller représenter sa fille à la
,, noce d'Annette et servir de mère
,, à la jeune épouse; il vouloit y
,, venir aussi, mais depuis quel-
,, ques jours il n'est pas bien. Ainsi
,, tout contribue à servir le projet
,, d'Eugène, et dans quelques heu-
,, res votre fille portera ce nom
,, réprouvé par votre cœur. Sous
,, quels auspices, grand Dieu, je
,, vais former un lien qui pour-
,, roit être si doux! Je vais à l'autel
,, et je n'y suis pas conduite par
,, mon père! et je sais que je l'of-
,, fense! et je n'ose pas même dans
ce

» ce jour solemnel lui demander
» sa bénédiction ! Jamais il n'y
» aura d'union avouée par lui
» entre les Burgau et les Steinthal;
» j'ai lu ce serment tracé de la
» main de mon père, et je vais la
» former cette union qui n'aura
» jamais son aveu. Le devoir le
» plus saint, le plus impérieux me
» l'ordonne ; ce n'est pas à présent
» que je dois trembler, je l'aurois
» dû lorsque j'ai osé revoir Eugêne
» et compter sur ma vertu ; ma
» folle présomption m'a perdue.
» Annette vient me prendre, quelle
» différence, grand Dieu ! ses yeux
» brillent d'une modeste joie ; les
» miens sont obscurcis par les lar-
» mes; sa robe blanche est le sym-
» bole de son innocence ainsi que
» la couronne de fleurs que je
» viens d'attacher sur sa tête

Tome V.   G

„ virginale ; et moi malheureu-
„ se, je suis mère avant d'être
„ épouse! mon enfant, mon Eu-
„ gène vous pour qui seuls désor-
„ mais je dois vivre, vous à qui
„ j'ai fait tant de sacrifices, tenez-
„ moi lieu de vertu, de couronne
„ nuptiale, de père, de tout ce
„ que j'ai perdu!

Le même jour à 10 heures du soir.

„ Il est formé ce nœud qui ne sera
„ jamais peut-être avoué par mon
„ père. Je viens de jurer au pied
„ des autels, amour, fidélité, obéis-
„ sance à celui que j'adore, et j'ai
„ déja résisté à son ardente prière
„ de le suivre dans d'autres climats ;
„ je me suis arrachée de ses bras
„ pour revenir dans le sein de ma
„ famille, pour demander à mon
„ père une bénédiction qui sera

» refusée sans doute à Julie de
» Burgau ; mais qu'elle ne cessera
» de solliciter. Je viens de remplir
» le devoir sacré de mère, ai-je
» dit à Eugène, notre enfant ne
» sera plus la victime des lois et
» des préjugés ; laisse-moi essayer
» de remplir ceux de fille et de
» fléchir mon père. Je vais deman-
» der de retourner auprès de lui ;
» c'est dans ses bras paternels,
» c'est appuyée sur son cœur que
» je possédois une fois entière-
» ment, que je veux avouer le dou-
» ble lien qui nous unit. Si j'obtiens
» notre pardon, si mon père rati-
» fie notre bonheur, je deviendrai
» l'être le plus heureux qui existe
» sur la terre. Si je suis repoussée,
» alors, Eugène, ta Julie ne vivra
» plus que pour toi, et prête à te
» suivre où tu le voudras elle ne

„ connoîtra plus d'autre bonheur,
„ d'autre devoir que de te rendre
„ heureux. Julie est à moi, m'a-t-il
„ dit avec transport, rien sur la
„ terre ne peut plus nous séparer!
„ va, ma douce amie, où le devoir
„ le plus saint t'appelle, ton époux
„ ne te perdra pas de vue un seul
„ instant. Je reste ici, chez Henri
„ tantque tu seras chez ton oncle;
„ je te suivrai chez ton père et
„ puissions nous bientôt nous réu-
„ nir dans ses bras ".

„ Je ne vous parlerai pas, mon
„ père, de tout ce que mon cœur
„ a éprouvé pendant l'auguste cé-
„ rémonie; dès que le mariage
„ d'Annette et d'Henri a été béni
„ ils sont sortis de l'église avec
„ leurs parens et leurs amis. Je suis
„ restée seule avec le pasteur sous
„ prétexte de lui remettre quel-

» qu'argent de la part de mon on-
» cle pour les pauvres de sa pa-
» roisse; un tremblement m'a sai-
» sie, je suis tombée à ses pieds !
» là , prosternée sur le marbre
» devant l'homme de Dieu, j'ai
» versé des torrents de larmes ;
» il cherchoit à me rassurer, à me
» calmer. Oh ! monsieur le pasteur,
» lui disois-je au milieu de mes
» sanglots, Dieu recevra-t-il le ser-
» ment d'une fille rebelle , d'une
» malheureuse qui se donne à
» l'homme rejeté par son père ? Il
» en est tems encore ; vous son
» interprête, son ministre, pro-
» noncez, décidez de mon sort. Que
» Dieu daigne me parler par votre
» bouche, me faire connoître sa
» volonté ! Fille coupable, ou mère
» dénaturée et amante parjure,
» lequel de mes devoirs doit être

G 3

„ sacrifié, lequel doit être rempli?

„ Le ciel, dans sa bonté, m'a dit
„ le ministre, saura bien accorder
„ vos devoirs et toucher le cœur
„ de votre père : je manque aux
„ miens en vous unissant sans son
„ aveu au comte Eugène ; mais
„ cette union existe, elle est crimi-
„ nelle et le premier de vos de-
„ voirs, le premier des miens est
„ de la légitimer. Implorez la misé-
„ ricorde de Dieu, comtesse, pour
„ qu'il vous rende un père ; mais
„ donnez-en un à votre enfant. Le
„ comte est rentré avec Henri et
„ Annette ; et votre fille en pré-
„ sence de ces jeunes et vertueux
„ époux a prononcé le serment
„ qui la lie à jamais au sien. De-
„ puis ce moment mon cœur est
„ plus calme, plus tranquille. J'ai
„ encore adressé longtems au ciel

„ des prières si ferventes qu'elles
„ doivent être exaucées. Pendant
„ les danses de la noce d'Annette je
„ me suis promenée avec Eugène,
„ et j'ai obtenu de lui de revenir
„ ici. Mon père, votre Julie est en-
„ core où vous l'avez placée, elle
„ implore encore et votre amour
„ et votre pardon, et cependant
„ elle est et sera pour la vie.

JULIE Comtesse de BURGAU.

28 Mars.

„ Je voulois aujourd'hui deman-
„ der à mon oncle de me renvoyer
„ à mon père; je ne puis plus y
„ penser, il est mal, très mal. Je
„ viens de vous envoyer un exprès
„ pour vous apprendre son fatal
„ accident. Je vous attends, mon
„ père; vous apprendrez à la fois,
„ et la mort de votre frère, et la

G 4

„ désobéissance de votre fille ; sou-
„ tiendrez-vous cette double afflic-
„ tion ? Ne vous dois-je pas de
„ vous épargner quelque tems du
„ moins celle qu'il dépend de moi
„ de vous épargner ? J'y réfléchirai;
„ mon oncle existe encore, mais
„ je n'espère rien. Mon père ! je
„ n'étois donc pas seule destinée à
„ briser votre cœur; mais c'est moi
„ qui devrois vous apporter quel-
„ que consolation dans ce fatal
„ moment, adoucir votre douleur,
„ et j'y ajouterai le poids immense
„ de ma faute ! Non, non, je gar-
„ derai encore mon fatal secret,
„ non je n'achèverai pas de briser
„ le cœur de mon père ; .... je vous
„ écris à côté de mon oncle, je ne
„ le quitterai pas une minute, je
„ remplacerai sa fille. Mon père,
„ Julie connoît encore les devoirs
„ d'une fille.

3 Avril.

„ Avec quelle impatience mêlée
„ de crainte j'attends mon père ;
„ quel sera le premier regard qu'il
„ jettera sur Julie ? Sans doute ce
„ sera un regard de tendresse, et
„ moi malheureuse, moi qui sens
„ combien je mérite son courroux,
„ oserai je répondre à cet accueil ?
„ Oserai-je serrer sur mon cœur
„ ce père offensé ? Mon oncle,
„ avant d'expirer, non sans des-
„ sein peut-être, m'ordonna de
„ mettre en ordre des papiers qu'il
„ me désigna. Que n'ai-je pas
„ éprouvé en m'acquittant de ce
„ triste office ? Chaque lettre m'a
„ confirmé la haine de mes parens
„ pour une famille qui est actuel-
„ lement la mienne ; par tout le
„ nom de Burgau est accompagné

G 5

„ d'une injure ou d'une malédic-
„ tion. J'ai trouvé aussi un paquet
„ de vos lettres, mon père ; elles
„ sont anciennes, il est vrai, mais
„ elles expriment cette haine et
„ votre desir de vengeance avec
„ une force qui m'a ôté dès les
„ premières lignes la faculté de les
„ lire...... Et votre fille à présent
„ porte ce nom détesté, le nom
„ de ceux qui ont toujours empoi-
„ sonné votre vie ! Ah ! pourquoi
„ pourquoi mon cœur n'a-t-il pas
„ hérité de cette haine ? Pourquoi
„ n'a-t-il pas frémi d'horreur au
„ premier mot qu'un Burgau m'a-
„ dressa ?.... Pardonne, cher Eugè-
„ ne, toi le plus tendre, le plus
„ chéri des époux ! Toi à qui ce
„ cœur fut lié par la plus douce
„ sympathie dès le premier instant
„ où je t'apperçus ! Toi que j'aime

„ mille fois plus que tous les Stein-
„ thal ne peuvent haïr les Bur-
„ gau , pardonne les combats de
„ ta Julie. Encore quelques jours,
„ quelques semaines , et ils seront
„ finis, et je serai toute à toi. Heu-
„ reuse, oh ! cent fois heureuse si
„ c'est de l'aveu de mon père !
„ Mais puis-je l'espérer après ce
„ que je viens de lire ?

23 Avril.

„ Mon père vient de me quitter
„ pour quelques jours ; son der-
„ nier mot a été une défense de
„ prononcer le nom d'Eugène,
„ accompagnée d'un regard, grand
„ Dieu! quel regard ! non je n'en
„ soutiendrois pas un plus sévère.
„ Ah! s'il n'étoit question que de
„ moi seule, si je n'avois que ma
„ vie à ménager, j'aurois bravé sa

G 6

„ fureur, et tombant à ses pieds,
„ j'aurois tout avoué eussé-je dû
„ mourir de douleur de ses justes
„ reproches; mais une autre vie
„ bien plus chère pour moi que
„ la mienne propre réclame tous
„ mes soins : cher enfant, ta mère
„ veut vivre pour toi, pour toi
„ seul elle ne bravera pas la colère
„ d'un père irrité ! Je te confie à
„ toi même, me disoit-il. Il est passé
„ le tems où cette confiance fai-
„ soit ma gloire et mon bonheur,
„ mon père me l'a retirée quand
„ j'en étois digne encore ; il me
„ la rend et je ne la mérite plus.

28 Avril.

„ Que ferai-je ? Que deviendrai-
„ je ? Eugène me conjure de pro-
„ fiter de cet instant de liberté pour
„ le suivre ; un pressentiment se-

„ cret semble l'avertir qu'une fois
„ passé nous ne le retrouverons
„ plus. Ton père, me dit-il, n'a-
„ t-il pas mille moyens pour t'ar-
„ racher à moi ? Ne peut-il pas
„ t'emmener, t'enfermer, rompre
„ un lien contracté sans son aveu,
„ sans les formes nécessaires. Et
„ ton enfant, Julie, ne peut-il pas
„ t'être enlevé au moment de sa
„ naissance, et privé de tes soins,
„ des miens, vivre dans l'opprobre
« et l'abandon ? Non, non, me suis-
« je écriée, non, jamais mon père...
« Il est un Stheinthal et je suis un
« Burgau, m'a-t-il répondu, tu ne
« sais pas de quoi la haine et la
« vengeance sont capables ! Elles
« peuvent égarer l'homme le plus
« vertueux ; peut-être ton père sau-
« roit leur résister, peut-être aussi
« céderoit-il à leur empire. Ferons-

« nous dépendre le sort de notre
« enfant de cette chance ? Julie,
« je ne parle pas de ton époux ;
« séparé de toi, bientôt la mort
« mettroit un terme à ses malheurs.
« Mais ton enfant! Tu es mère et
« tu peux balancer ? Viens, ma
« bien aimée, viens mettre en su-
« reté ce gage précieux du plus
« tendre amour. Viens veiller à
« son existence : nous saurons bien
« ensuite appaiser ton père, mé-
« riterions-nous d'obtenir un jour
» son pardon si nous n'écoutions
» pas nous-même le cri de l'amour
» paternel ?

» Que puis-je lui répondre ? Je
» pleure dans ses bras, je lui pro-
» mets de le suivre, et puis l'idée
» de mon père seul, abandonné,
» revenant dans sa demeure et
» n'y retrouvant pas sa fille, me

» poursuit, m'accable, me fait ba-
» lancer et je ne sais à quoi me
» déterminer. Si je n'avois jamais
» quitté mon père je serois ver-
» tueuse encore, sa seule présence
» m'auroit servi d'ange gardien. Je
» me suis éloignée de lui, et me
» voilà forcée à m'en éloigner en-
» core, et peut-être pour jamais.
» Mon cœur est oppressé, je ne
» sais ce que je veux, ce que je dois
» faire. Mon Dieu, jettez un re-
» gard de pitié sur moi et daignez
» m'inspirer !

30 AvriL.

» C'en est fait, Eugène l'emporte,
» je suis à lui, à lui pour jamais.
» Il est venu à mon secours ce Dieu
» tout bon que j'invoquois avec ar-
» deur ! Mon père, vous aimez ;
» tout me l'assure ; votre lettre si

» forte, si pressante, celle du comte
» Sigismond, ce que m'a dit son
» fils, bonne, aimable Dorothée,
» vous serez la compagne chérie
» de mon père, il ne sera plus
» seul, privé de soins, de conso-
» lation. L'amour a causé ses pei-
» nes, l'amour fera son bonheur
» Je n'ai plus d'objections à oppo-
» ser à mon époux, je viens de
« lui écrire et je l'attends. Mon
« père, je vous laisse ces feuilles
« dictées par mon cœur ; si le vô-
« tre est touché s'il éprouve un
« seul des sentimens qui m'ont ani-
« mée en les écrivant, vous pro-
« noncerez une bénédiction pour
« votre fille coupable, fugitive, re-
« belle, mais qui n'a voulu consen-
« tir à vous quitter que lorsqu'elle
« a su que vous pouviez être heu-
« reux sans elle ».

Les papiers étoient achevés ;
Théodore se tut ; il les fixoit en
silence. Sans doute il étoit cet enfant de l'amour qui couta tant de
larmes à sa mère et qu'elle aimoit
déja si tendrement ; mais comment,
jamais pourquoi l'avoit - elle abandonné à des étrangers ? C'étoit pour
lui seul qu'elle s'étoit mariée clan-
destinement ; c'étoit la crainte qu'il
ne lui fut enlevé qui la décida à
quitter la maison paternelle, et si
peu de tems après, il est remis à
des mains étrangères, et jamais on
ne l'a reclamé ! jamais on ne s'est
informé de lui ; quel a donc été
le sort de ses infortunés parens ?
Ah ! sans doute ils n'existent plus
ni l'un ni l'autre ; Julie a sans
doute payé de sa vie celle de son
fils. Eugène n'a pu survivre à Julie
et leur malheureux enfant ne les

reverra jamais. Mais par quel mi-
racle le comte a-t il découvert qu'il
étoit cet enfant ? Pourquoi est-il venu habiter Lobenstein ? Toutes ces
pensées qui se succédoient rapidement dans l'ame de Théodore se
peignoient sur sa phisionomie.
Schall le fixoit avec attendrissement ; il te reste un père et il me
reste un fils, lui dit-il en lui ten-
dant la main, tu vas savoir comment je l'ai trouvé ce fils de ma
Julie. Il rapprocha sa chaise de celle
de Théodore et, tenant toujours
sa main dans les siennes, il reprit
son intéressant recit.

Comment t'exprimer, mon fils,
ce qui se passa dans mon ame en
lisant ce journal ! le voile tomba
de mes yeux, je sentis l'immensité
de mes torts et je jurai de passer
le reste de ma vie à les reparer. Je

n'avois su être ni père assez ferme
pour guérir Julie de son amour,
ni père assez tendre pour lui sacrifier ma haine ; combattu sans
cesse entre les deux passions de
mon cœur, la haine contre les
Burgau et ma tendresse paternelle;
craignant également de résister ou
de céder à Julie, je n'avois jamais
fait ce que j'aurois dû faire, et je
l'avois conduite moi-même dans
l'abîme, forcée moi-même à me
quitter pour toujours. Dévoré de
douleur et de remords, je résolus
au moins de ne pas perdre un instant pour me mettre sur la trace
de ces chers fugitifs, pour leur porter mon aveu, ma bénédiction et
les engager à revenir; mais de quel
côté diriger mes pas ? J'eus l'idée
que Henri Schmidt et sa femme
pourroient m'instruire, ils étoient

les confidens de leur amour, d...
leur mariage, sans doute ils l'au...
roient été de leur fuite et de leur...
projets? Je montai à cheval pou...
être plus-tôt chez eux et je disposa...
tout pour partir de là d'après leur...
renseignemens. La terreur d'Henr...
et de sa femme fut extrême en m...
voyant arriver chez eux au galop...
s'ils avoient pu m'échapper je n...
doute pas qu'ils ne l'eussent fait...
mais je ne leur en laissai pas l...
tems; me jeter à bas de mon che...
val, entrer rapidement dans l...
maison, m'écrier «où est ma fille...
fut l'affaire d'une minute. Tous le...
deux en me voyant entrer se jetè...
rent à mes pieds sans oser me regarder; je les relevai en les embrassant avec tendresse; mes bons amis,
leur dis-je, vous, les protecteurs,
les amis de mes enfans, où sont...

ils ? Rendez - les à ma tendresse. Oh ! que ne puis-je ainsi les serrer dans mes bras paternels !

On peut juger de leur surprise en m'entendant parler ainsi ; Annette fondoit en larmes ; elle ne se consoloit point du départ de sa bonne et chère comtesse. Du reste ils ne purent me donner tous les renseignemens que j'aurois désirés. Durant la nuit que le jeune comte Louis de Steinthal passa chez moi, Julie écrivit une longue lettre à son époux sous le couvert d'Annette et l'expédia à l'aube du jour. Le comte Eugêne, après l'avoir lue et y avoir répondu prépara tout pour partir à midi. Julie arriva ; Henri les conduisit jusqu'à la première poste qu'il me nomma et qui me mit sur la voie. Là ils se séparèrent, le comte l'embrassa et lui dit,

retourne auprès de ta femme, Henri,
laisse-moi fuir avec la mienne aux
extrêmités du monde, s'il le faut,
et rien que la mort ne pourra plus
nous séparer : sans doute nous ne
nous reverrons jamais, mais nous
n'oublierons pas que c'est à vous,
que nous devons notre bonheur ;
et il me donna, dit le bon jeune
homme, bien plus d'argent que
je ne voulois. La comtesse aussi
me serra la main sans rien dire,
elle ôta un anneau de son doigt
et me le remit : tenez, le voilà au
doigt d'Annette. Je priai cette bonne
petite femme de me le céder ; elle
y consentit quoiqu'avec peine.
C'est celui, mon fils, que je te donnai quand je t'envoyai à Dresde en
te recommandant de le porter toujours ; je pensai que si tu rencon-
trois ta mère la vue de cette bague

pourroit la frapper et amener une reconnoissance. Théodore rougit, il avoit en effet toujours porté l'anneau, mais à la chaîne de sa montre, et jamais personne ne l'avoit remarqué.

Je partis à l'instant même, reprit le comte ; à la première poste je trouvai des renseignemens et de poste en poste je pus les suivre. Ce que j'apprenois de la mauvaise santé de ma fille, tout en m'allarmant me donnoit l'espoir de les atteindre ; j'en étois en effet toujours plus près et je me croyois sur le point de les rejoindre, lorsque je perdis absolument leurs traces dans la petite ville de Sékenbourg, à deux milles au plus de Lobenstein : j'y passai plusieurs jours en recherches inutiles. En parcourant les environs je vis le château de Lobenstein,

je voulus aller voir ma nièce et
savoir si elle n'avoit rien appris
de Julie; elle venoit de partir pour
se rendre à Berlin; je trouvai le
baron de Rosbane, il ignoroit la
fuite de ma fille et me dit que sa
femme devoit venir chez moi de
Berlin. J'ai su en effet qu'elle
étoit venue et qu'elle avoit passé
une nuit chez Annette; je suppose
que c'est dans la chambre que ton
père occupoit qu'elle a trouvé la
lettre qu'Héloïse t'a montrée; dans
le trouble de son départ précipité
il l'aura sans doute oubliée. J'en
reviens à mon triste voyage; il me
reste peu de choses à te dire. Après
avoir encore erré quelque tems
dans les environs de Sékenbourg
sans rien découvrir, je résolus de
voyager jusqu'à ce que je les eusse
retrouvés, ou que la mort m'eût
délivré

délivré de mes peines. Je revins
chez moi, je mis ordre à mes affaires et, muni de tous les papiers
qui m'étoient utiles, je me rendis
chez mon parent le comte Sigismond de Steinthal, avec qui je voulois prendre les arrangemens nécessaires à mon projet. Je n'y trouvai pas sa fille et j'en fus bien aise;
dès les premiers jours de mon malheur je leur avois écrit pour leur
apprendre qu'il ne pouvoit plus
être question de la double alliance, et je suppose que la comtesse
Dorothée s'étoit éloignée à dessein
lorsqu'elle apprit mon arrivée.

Dès le soir même je déclarai au
père et au fils mes intentions et
mes projets; je suis decidé, leur
dis-je, à m'expatrier pour un grand
nombre d'années; peut être, et je
le désire, si je ne retrouve pas ma

fille je mourrai bientôt sous un
ciel étranger ; je ne tiens plus à rien
dans ma patrie ; vous êtes mes héritiers naturels ; prenez possession
dès ce moment de tous mes biens,
tant de ceux qui vous sont substitués que de ceux qui m'appartien-
nent en propre ; je ne vous demande
actuellement que les revenus de
ces derniers que vous déposerez à
Dresde chez un banquier que je
vous indiquerai. Si je ne retrouve
pas ma fille, tout vous appartien-
dra après ma mort, voilà mon testament qui vous l'assure ; si je la
retrouve vous me rendrez ce qui
est à elle et rien de plus.... Tout,
tout ! s'écria le jeune homme avec
feu, j'accepte l'emploi de son tu-
teur, de son économe : si elle nous
est rendue, et le ciel sait si je le
désire, elle n'aura rien perdu. Le

vieux comte foible, languissant,
n'avoit pas longtems à vivre, il fut
charmé de cet arrangement qui
donnoit à son fils des biens immenses. Je dois cependant leur rendre
la justice que tous les deux firent
ce qu'ils purent pour ébranler ma
résolution et me retenir en Allemagne. Le vieux comte ne comprenoit pas que l'on pût ainsi quitter sa Dorothée ; son fils trouvoit
bien naturel que j'allasse chercher
Julie, il espéroit, disoit-il, me voir
bientôt revenir avec elle. J'embras-
sai ce bon jeune homme en re-
grettant qu'il ne pût être mon fils,
et je persistai dans ma résolution.
Je congédiai tous mes domestiques,
je remis toutes mes terres à mes
cousins et je partis. Je ne te ferai
pas à présent, mon fils, le récit
de mes voyages ; sous le nom mo-

deste de Schall j'ai parcouru pendant seize ans, non - seulement
l'Europe entière, mais aussi les
contrées les plus reculées; j'ai vu
la Grèce, la Turquie, l'Egypte; sur
un faux espoir je passai en Amé-
rique, cette patrie adoptive de tant
d'infortunés ; je cherchai ma fille
sous les toits d'écorce et dans les
cabanes des sauvages. Enfin las de
mes recherches inutiles, voyant
arriver la vieillesse, j'ai senti le
désir de revenir dans ma patrie;
je me rappelai que si je n'avois
plus de fille j'avois une nièce ; son
caractère, il est vrai, m'intéressoit
peu ; mais elle avoit des enfans qui
pouvoient devenir les miens ; je
voulois connoître sa famille sans
en être connu. Je me décidai donc
à revenir en Allemagne toujours
sous le nom de Schall et sans en

... mon jeune parent qui
... exactement les revenus
... je m'étois réservés chez un
... à Dresde ; mon ami le
... le seul être qui fût dans
... fidence, me les faisoit pas
... avois appris par lui la mort
... comte Sigismond peu de
... mon départ ; sa fille
... dans une autre pro-
... son fils ne l'étoit pas encore
... mes établissemens d'a-
... les plans que je lui avois tra-
... que rien n'avoit souf-
... ma longue absence.
... mon nom de Schall,
... ce nom un domaine
... et ne tardai pas à te
... ta ressemblance avec
... Eugène de Burgau me
... premier instant et, quoi-
... sentiment qu'elle me fit

H 3

éprouver fût pénible, je me sen...
attiré vers toi par une affectic...
irrésistible. C'est pour te voir qu...
je cherchai à me lier avec tes p...
rens adoptifs que je crus longtem...
être tes véritables parens ; j'appr...
ensuite qu'on t'avoit exposé che...
eux, mais je n'eus aucun soupço...
de la vérité jusqu'au moment o...
Lindner me montra ce billet trouv...
sur ta poitrine quand tu leur f...
remis. Ce billet.... oh! mon fil...
il étoit de la main de ta mère ;...
ne pus m'y tromper ; je me rapp...
lai que c'étoit près de Lobenste...
que j'avois perdu sa trace et ...
n'eus plus aucun doute. Dès c...
moment, cher Théodore, je repri...
une nouvelle vie et de nouvelle...
espérances. Sans doute je ne pui...
expliquer l'étonnant abandon o...
tes parens t'ont laissé que par leur...

mort, et cependant un secret pressentiment semble m'annoncer qu'ils existent et que je les reverrai. Nous la chercherons ensemble cette mère tant regrettée; peut-être le ciel accordera au fils innocent ce qu'il a refusé au père coupable, peut-être le bonheur de la retrouver t'est il destiné; mais avant notre départ je veux, mon fils, te donner un autre bonheur; je veux t'engager à ma niéce Héloïse, me faire connoître pour son oncle, et toi pour son cousin et son époux. Il est tems de réaliser la promesse que je lui fis dans le billet sous ma dictée que je lui remis de ta part; il est tems de récompenser son amour généreux et votre constance, et de montrer Théodore comte du Burgau et l'unique héritier de mes biens à l'orgueilleuse Amélie.

H 4

Demain nous partons pour Loben-
tein ; bientôt fiancé à ton Héloïse
tu la quitteras encore, mais pour
lui ramener peut-être une mère
plus tendre que la sienne, et doubler notre bonheur. Si nos recherches sont encore vaines, si Julie
est perdue sans retour, Héloïse la
remplacera dans mon cœur, elle
lui ressemble, elle l'a prise pour
son modèle ; comme elle elle aime
un Burgau, mais plus heureuse que
ma fille elle osera l'avouer et deviendra le lien qui réunira ces
deux familles. Théodore étoit dans
l'enchantement ; revoir Héloïse
oser prétendre à sa main, l'obtenir, c'étoit un si grand bonheur
qu'il crut que tous les autres bon-
heurs devoient nécessairement en
être la suite. Je la retrouverai, dit il
à son grand-père en l'embrassant

avec transport , le ciel protége votre petit fils , il nous rendra ma mère. L'époux d'Héloïse doit être le plus heureux des hommes.

Le lendemain ils quittérent Dresde : en chemin le comte parla beaucoup de sa niéce, de ses enfans , de l'amitié qu'il avoit pour Héloïse et même pour son frère. Il s'affligeoit de la mauvaise éducation de son neveu le jeune Emile le Rosbane; je crains, disoit-il, que ce jeune homme ne se corrompe entiérement et que ma niéce ne paye bien cher son affreux systême de domination. Théodore raconta à son grand-père l'histoire de Marie, il releva beaucoup la retenue du baron avec elle quand il l'avoit eue en sa puissance, et même sa modération lorsqu'elle lui fut enlevée. Il n'auroit besoin , lui dit-il, que de bons exemples ; vot

amitié, vos conseils le ráménero

à la vertu ; le fonds de son caractè

est bon, son cœur même est pl

sensible qu'il ne le croit, et sa mèr

est la seule cause de ses erreur

Alors il montra au comte la der

nière lettre qu'il avoit reçue d'Au

guste ; il lui disoit que le baro

étoit revenu à Lobenstein, qu

avoit écrit à Marie pour obten

son pardon et l'assurer de son r

pentir ; il ne la verroit, disoit i

que lorsque le tems et sa condu

auroient effacé le souvenir de

torts. En effet il n'est resté q

quelques jours au château, et l'

assure que sa mère s'est condu

avec lui de manière à lui ôter l'e

vie d'y revenir ; on ignore ou

est actuellement. Le comte soupi

et se promit d'en parler sérieu

ment à sa niéce. Ils arrivérent enfin
à Lobenstein ; avec quel sentiment
différent d'autrefois Théodore passa
devant ce château qui renfermoit
l'objet de sa passion, comme ses
regards ardens cherchoient à découvrir Héloïse derrière cette croi-
sée où il l'avoit vue la dernière
fois ; si elle y eut été il auroit eu
peine à contenir ses transports, à
ne pas lui crier « tu es à moi,
Héloïse, éternellement à moi ; mais
il ne l'apperçut pas et les voyageurs
descendirent dans la petite maison
de Schall.

Schall qui vouloit s'annoncer à
Lobenstein comme le comte de
Steinthal prit dès le lendemain le
costume qui indiquoit son rang ;
un habit très-riche avec une étoile
brodée en or remplaça le modeste
roc noir. A la prière de Théodore

H 6

ils allèrent d'abord chez Lindner
ils y furent reçus avec la plus viv
tendresse et avec une telle surpris
que ces bonnes gens ne trouvoien
point de terme pour l'exprimer
leur vieux ami métamorphosé e
comte de Steinthal, et leur fil
adoptif en comte de Burgau; leur
paroissoit la chose la plus éton
nante. Sabine ouvroit de grand
yeux, regardoit la belle étoile
la broderie en or du comte,
savoit comment appeler Théodo
s'avançoit pour l'embrasser, re
loit pour le regarder, joignoit
mains, pleuroit et rioit à la fo
et répétoit de tems en tems ; u
comte de Burgau et qu'on nou
remis par la fenêtre ! j'ai d'abo
aimé Théodore, j'aimerai monsie
le comte. Il a toujours eu l'air n
ble, disoit Senk, on le croyoit m

fils. Auguste et Marie se jetérent dans ses bras : mon ami, disoit Auguste ! Mon libérateur, disoit Marie ! Votre frère pour la vie, disoit en même tems Théodore ! Mais le bon Lindner ! qui pourroit peindre sa joie naïve, sa surprise, les caresses qu'il fit à son Théodore et à son bon Schall, car il déclara qu'il ne les appelleroit jamais autrement, fussent-ils des princes souverains comme ils en avoient la mine. Il rappela tout ce qui s'étoit passé à l'arrivée de l'enfant et comme il avoit prédit ses hautes destinées. Dieu me le pardonne, ajouta t-il, j'ai voulu d'abord le rendre ce cher enfant, c'est une mauvaise pensée que je me reprocherai toujours ; vous ne l'auriez peut être pas trouvé ailleurs. Il chercha dans ses anciens tous les

exemples de reconnoissance et
d'enfans trouvés reconnus, et finit
par dire en se frottant les mains ;
nous pourrons à présent épouser
la baronne Héloïse tant qu'il nous
plaira , et je vais voir encore une
paire de ces époux heureux qui
me feroient regretter de ne connoître l'amour que dans mes livres,
si je n'étois pas aussi heureux
qu'eux-mêmes de leur bonheur.

Je vais assurer celui de notre enfant, dit le comte, et il sortit en
disant à Théodore de venir le joindre dans une demi-heure au château. Lorsqu'il entra il trouva la
baronne avec sa fille ; Héloïse parut très-surprise de sa nouvelle dé-
coration. Amélie vint l'embrasser
en l'appellant « mon cher oncle.
L'étonnement d'Héloïse augmenta.
Viens , chère fille , lui dit-il en lui

rendant les bras, viens embrasser
ton oncle le comte de Steinthal
qui veut être ton père. Il la serra
dans ses bras et il s'assît entr'elles
deux en leur prenant à chacune
une main.

Je présume, lui dit Amélie, que
vous avez enfin retrouvé ma cousine, votre visage serein me l'an-
nonce, ainsi que votre résolution
de vous faire connoître. La physionomie du comte se rembrunit à
l'instant; non, lui dit il, je ne suis
pas si heureux; je le suis cependant; je n'ai pas retrouvé Julie, mais
j'ai trouvé son fils, un comte de
Burgau, je l'ai amené avec moi et
je vais te le présenter, Amélie.

— *La baronne.* Un comte de Burgau, le fils de Julie! Et comment
l'avez-vous découvert, mon cher
oncle?

— Le comte. Il te le racontera lui - même, Amélie : c'est un billet de la main de ma malheureuse fille qui me l'a appris. Je ne forme plus qu'un seul vœu, mes enfans, c'est de finir ma vie avec vous ; je vois trop que celui de retrouver Julie ne peut être exaucé, mais son fils me tiendra lieu d'elle ; c'est un noble, un excellent jeune homme ; je lui ai beaucoup parlé de toi, Héloïse, et je te demande cette main pour lui. — Héloïse pâlit, retira sa main et ne répondit rien. L'ancienne haine de famille se réveilla dans le cœur de la baronne ; pour un comte de Burgau la main d'Héloïse, dit - elle d'une voix altérée !

— Le comte avec fermeté. Pour le petit fils du comte de Stheinthal la main d'Héloïse de Rosbane ;

Amélie, pourrois-tu haïr le petit fils de ton oncle?

— *Amélie*. Non pas haïr, mais un Burgau !

— *Le comte*. Voilà ce que je disois pour mon éternel malheur ! Ma triste expérience sera-t-elle perdue pour toi, Amélie ? Tu as moins d'excuses que je n'en avois, les Burgau ne t'ont pas offensé personnellement, ta fille ne porte pas le nom de Steinthal. Réfléchis bien, Amélie, mon petit-fils est l'unique héritier de tous mes biens.

Cette dernière phrase fit impression sur Amélie ; elle savoit bien que sa fille ne trouveroit jamais un parti si considérable. Elle répondit donc d'un ton plus doux qu'elle demandoit seulement à voir le jeune comte avant de se déter-

miner. Son oncle exigea d'elle qu'elle
lui donnât tout de suite sa parole ;
après avoir un peu hésité elle y
consentit en demandant pour la
forme que le jeune comte prît le
nom d'une des terres de son grand-
père : on le lui promit.

Héloïse étoit toujours dans la
même attitude, pâle comme la
mort et les yeux baissés ; le comte
la regarda et lui dit ; tu y consens,
Héloïse ? Elle releva la tête et dit
avec tranquillité, mais d'un ton
décidé ; ma mère connoît mon opinion, cela est impossible, mon
cher oncle.

Impossible, répondit-il en fixant
Héloïse, tu as donc trompé Théodore quand tu lui as juré que tu
ferois tout ce que la vertu et ton
devoir exigeroient de toi ; il t'en
a donné l'exemple, il a tout sacrifié

à ton repos, à celui de ta famille. Tiens, lis, et il lui remit un billet.

Héloïse le prit, le lut, sa pâleur augmenta encore ; elle s'écria avec le ton de la douleur « il m'abandonne, il me céde à une autre, lui Théodore !..... mais non , reprit-elle plus tranquillement, non cela n'est pas possible ! Non , c'est bien sa main qui a tracé ce billet, mais ce n'est pas son cœur qui l'a dicté ; on l'a trompé , on lui en a imposé, il a écrit sans savoir ce qu'il écrivoit. Cher oncle, je vous demande en grace de permettre que je lui parle une minute ". Le comte sourit , reprit le billet et le lut à haute voix. « Héloïse : si vous « m'aimez donnez votre main au « comte de Burgau. Je vous le de- « mande librement , volontaire- « ment ; vous m'avez promis de

« m'accorder ce que je vous de-
« manderois; tenez votre parole ».

THEODORE.

Non, non, répéta Héloïse, il
faut que je le voie, que je lui
parle une minute, il désavouera
bientôt cet écrit et jamais le comte
de Burgau n'aura ma main. La baronne furieuse voulut se lever;
son oncle l'arrêta en lui disant;
Amélie, laisse-moi lui parler; et
se tournant vers la jeune fille avec
ce beau regard, cet air imposant,
ce son de voix qui le distinguoient:
tu vois, Héloïse, lui dit-il, quel
est l'empire des passions. Tu t'étois
fait un modèle idéal de vertu, tu
croyois pouvoir subordonner ton
amour à ton devoir. A présent l'a-
mour seul est vainqueur et le devoir n'est plus écouté. Tu peux

faire le bonheur de ma vieillesse,
celui d'un jeune homme noble et
vertueux qui me tient lieu de tout
ce que j'ai perdu ; tu peux obéir à
ta mère et tu ne penses qu'à toi
seule et à ton amour. Héloïse ! tu
vois à présent combien l'on est
fort pour prendre les plus belles
résolutions, et foible pour les exé-
cuter ; celle de renoncer à ton
amour quand ton devoir l'exige-
roit pouvoit seule excuser cet
amour ; t'es tu donc menti à toi-
même ; as tu menti à ton amant,
à Dieu qui reçut ta promesse ? T'es-
tu fait un jeu de cette promesse et
de la vertu ?.... Héloïse interdite
baissa les yeux, on voyoit à son
tremblement les combats de son
cœur ; elle avança la main la retira, l'avança encore. Voilà ma
main, dit-elle enfin en hésitant.

Je la reçois pour mon petit-fils, lui
dit le comte ; puis il ajouta en souriant « te souvient-il, Héloïse du billet que Théodore t'écrivit peu de
tems après son départ, et que je te
remis en exigeant de toi de n'en pas
parler : Héloïse jeta un cri, tomba
sur le sein de son oncle en disant :
« ah ! Dieu, seroit-il vrai, seroit-
il possible ? Théodore, le comte
de Burgau..... ne sont qu'un, lui
dit son oncle... — Il avoit à peine
achevé que la porte s'ouvrit et que
Théodore parut. Voilà le comte de
Burgau, voilà le fils de ta cousine,
Amélie, dit-il, en le présentant à
la baronne. L'émotion de Théodore, l'expression de tendresse, de
bonheur et cependant de timidité
répandue sur son aimable phisionomie, l'embellissoient tellement que
la Baronne fut un moment parta-

gée entre son ancien attachement
pour lui et la haine qu'il lui avoit
inspirée depuis. Il lui demanda son
amitié avec tant de graces qu'elle
alloit peut-être la lui rendre, lorsqu'elle surprit un regard entre les
deux amans qui lui parut celui du
triomphe qu'ils remportoient sur
elle, et qui changea à l'instant ses
dispositions favorables. L'idée que
ces jeunes gens parvenoient enfin
à s'unir malgré tous les obstacles
qui les séparoient lui fut insupportable ; ce Théodore traité par
elle avec tant de mépris alloit donc
devenir de son aveu le mari de sa
fille! ..... Le sourire d'Héloïse, le
baiser passionné que Théodore im-
prima sur sa main en la nommant
sa cousine, l'air satisfait du comte,
tout lui parut une insulte ; elle en
vint à croire que son oncle s'étoit

laissé entraîner par son attachement pour ce jeune homme à sup-
poser qu'il étoit son petit-fils. Elle
s'avança donc et dit avec hauteur,
et d'un ton décidé ; mon oncle, ma
résolution est irrévocablement prise, que ce jeune homme soit ou
ne soit pas un Burgau, il n'aura
pas la main de ma fille ; l'artifice
avec lequel il s'est emparé de son
cœur, la ruse avec laquelle il m'a
rendu le jouet de leurs intrigues
secrettes sera toujours un obstacle
invincible à mon consentement. S'il
est un comte de Burgau, ce que
vous aurez de la peine à persuader à qui que ce soit, il a dans
ses parens un exemple des malheurs
qui sont une suite de la désobéissance et d'une passion insensée et
romanesque ; je ne prétends plus
être jouée comme je l'ai été jusqu'à
présent

présent par la folie de mes enfans,
et je saurai les diriger à mon gré.
J'apprends avec peine, mon oncle,
que vous avez vous-même joué
un rôle dans cette intrigue et que
vous avez remis à Héloïse un
billet de ce jeune homme, qui lui
faisoit espérer la métamorphose
d'un enfant trouvé en un comte....
Cela m'explique bien des choses
que je n'attendois pas de vous, mon
oncle. En un mot, je n'ai nulle vo-
cation à passer ma vie à courir après
une fille enlevée.

Amélie ! lui dit le comte d'un
ton courroucé et menaçant.

Je dis ce qui est, reprit Amélie
d'un air très animé, pour moi je
n'aime ni les filles enlevées, ni les
gendres qui deviennent comtes sans
qu'on sache comment.... un billet
de ma cousine, dites vous. Eh! bien,

quand les Burgau le reconnoîtron
quand Julie elle-même viendra m
dire „il est mon fils " je consen
à le reconnoître, mais avant ce m
ment-là je jure qu'une baronne d
Rosbane ne deviendra pas sa fem
me ; et puisque vous voulez êtr
le grand père de ce jeune homm
je vous prie de me garantir de se
entreprises pour que je ne sois pa
obligée d'en venir à des mesur
plus rigoureuses.

Amélie, lui dit le comte triste
ment, depuis vingt-quatre ans j
cherche ma fille, ma fille uniqu
qui devoit me fermer les yeu
prends y garde, Amélie, tu es plu
dure avec tes enfans que je ne l'éto
avec elle.

Voulez-vous peut-être, dit-ell
avec aigreur, insinuer à ma fille e
à ce jeune homme de se soustrair
à mon autorité.

A Dieu ne plaise ! s'écria le comte avec indignation ; il saisit la main de Théodore et dit avec solemnité, je promets en ton nom, mon fils, que jamais tu n'entraîneras Héloïse dans aucune démarche contraire à l'obéissance qu'elle doit à sa mère. Théodore se jeta dans ses bras en disant : je puis mourir, mon père, mais jamais manquer à cette promesse.

Non, non ma chère mère, dit Héloïse en se jetant aussi dans les bras de la baronne, j'aimerai éternellement Théodore, mais je ne vous abandonnerai jamais. La baronne eut un moment d'émotion, le comte s'en apperçut et voulut en profiter. Amélie, lui dit-il, un peu de courage, sois mère une fois si tu veux être heureuse ; à quoi te sert ton orgueil ? Comme cet

arbre empoisonné qui rend désert
tout ce qui l'entoure et que tout
ce qui respire craint d'approcher.
Veux-tu te séparer ainsi du frère
de ton père ? Je te le prédis, Amélie ; un jour tu seras seule, aban-
donnée, tu regarderas autour de
toi sans trouver un cœur qui veuille
t'aimer ; alors tu regretteras ton
oncle et tes enfans dont tu n'as
pas su faire le bonheur. L'ame
altiere de la baronne éprouvoit un
violent combat, elle ne put se résoudre à céder tout à fait. — Si ce
jeune homme, dit-elle enfin, est
vraiment le fils de ma cousine, si
l'on m'en donne d'autres preuves
qu'un billet et des conjectures, si
Julie elle-même ou son mari le
reconnoissent, alors ma fille est à
lui, mais non pas auparavant.

Je les retrouverai, dit Théodore
avec feu, s'ils existent encore, et

je ne veux pas de bonheur avant celui-là. Adieu Héloïse, je vais te chercher une mère. — La baronne entraînoit sa fille hors de la chambre, à toi éternellement, cria-t-elle à Théodore que le comte entraînoit de son côté.

Le jeune homme auroit voulu partir à l'instant même ; son sang bouilloit dans ses veines. Le comte chercha à le calmer ; il lui dit qu'après toutes ses recherches inutiles il avoit peu d'espoir de retrouver ses parens, et que sans cette condition le seul moyen qui lui restât d'engager la baronne à lui donner sa fille étoit d'ajouter à l'éclat de son nom et de ses richesses l'éclat bien plus brillant de ses vertus, de ses belles actions, et de l'obliger ainsi par la force de l'opinion à l'accepter pour fils. Les yeux de

I 3

Théodore s'enflammèrent ; il serra
la main de son grand-père en lui
disant : quand partons-nous ? Le
vieillard lui demanda trois ou
quatre jours de repos ; Théodore
les donna en grande partie à ses
parens adoptifs. Lindner ne pouvoit prendre son parti que son
cher fils, monsieur le comte, comme
il l'appelloit, s'éloignât encore sans
être l'époux d'Héloïse. Toutes les
femmes vaines et despotiques de
l'antiquité furent tour-à-tour com-
parées à la baronne qui ne s'op-
posoit à ce mariage, disoit-il, que
parce que ce n'étoit pas elle qui
l'avoit arrangé. Enfin il fallut se
séparer. Le comte voulut d'abord
présenter son fils au parent à qui
il avoit remis ses biens. Soit que
Julie eut fait sur lui une impression qui ne s'étoit pas effacée, soit

par d'autres motifs, le comte Louis ne s'étoit point marié; il revit avec plaisir son noble cousin, et avec un vif intérêt le fils de Julie. Il avoit administré les terres que le comte lui avoit remises avec tant d'ordre que les revenus avoient considérablement augmenté. J'ai renoncé au mariage, leur dit-il, ma sœur n'a point d'enfans et le fils de Julie sera l'héritier de tous les biens dont je puis disposer; j'aurai soin de vos terres en votre nom pendant ce nouveau voyage.

Le comte voulut reprendre le costume et le nom de Schall; mais il désira que Théodore portât celui de comte de Burgau et fut présenté sous ce titre dans toutes les cours. Partout ils faisoient les recherches les plus exactes et les plus inutiles sur ses parens; ils ne

trouvèrent rien, mais Théodore
fit des progrès étonnans dans l'u-
sage du monde et la connoissance
des hommes. Avant ses voyages, il
étoit un bon et noble jeune homme, il devint par les soins de son
grand-père un homme éclairé,
aimable, très-instruit, sans pré-
tention ni pédanterie. Comme comte de Burgau, il vit de près les
grands de la terre et le luxe des
palais ; comme élève de Schall il
visita les atteliers de l'industrie et
souvent les cabanes du pauvre ;
il apprit ainsi à connoître les dif-
férentes classes de la société, à
apprécier le vrai bonheur et les
vertus de chaque état. Il vit que
le perfectionnement d'une nation
n'est pas l'ouvrage d'une génération;
que le bien se fait lentement et
qu'on ne peut pas en forcer le pro-

grès. Il devint plus indulgent, plus
humain ; quand il partit il haïssoit
les vicieux, à son retour il ne
haïssoit plus que le vice et il aimoit
tous les hommes.

Après une année de voyage en
France et en Angleterre, sans avoir
rien découvert qui put les éclairer
sur le sort de Julie, ils furent rap-
pelés en Allemagne par la nouvelle
de la mort du comte Louis de
Steinthal. Comme il l'avoit dit ,
Théodore de Burgau étoit l'héritier
de tous les biens dont il avoit pu
disposer ; il espéroit , disoit il dans
son testament , anéantir à jamais
cette haine qui avoit fait le malheur de sa cousine. Les deux voyageurs donnérent des larmes sincè-
res à la mémoire de ce généreux
parent. Le comte espéra que cette
augmentation de biens et d'acte

I 5

public qui nommoit Théodore
comte de *Burgau*, décideroient la
baronne à lui accorder Héloïse.
Ils partirent donc tout de suite en
continuant cependant leurs recherches dans les lieux qu'ils n'avoient
pas encore parcourus. En traver-
sant la Silésie Théodore se rappela
de ses aimables amis *Sommer* avec
qui il s'étoit lié pendant qu'il étoit
en quartier à Grasdorf, et chez
qui il avoit conduit Marie. Il en
avoit souvent parlé à son grand-
père en désirant de les lui faire
connoître. Monsieur *Sommer*, lui
disoit-il, est absolument dans votre
genre, souvent je lui ai dit à lui-
même „ vous me rappelez mon ami
Schall „. La femme est un ange,
une nuance de douce mélancolie
ajoute encore au tendre intérêt
qu'elle inspire ; son mari l'adore,

leurs enfans sont charmans, ils joignent la naïveté des jeunes villageois aux talens et aux connoissances de la meilleure éducation. C'est vraiment une famille d'anges, comme le disoit la pieuse Marie, et si le bonheur parfait existe sur la terre c'est là qu'on peut le trouver. Alons les voir, mon père, ils jouiront de l'heureux changement du sort de leur jeune ami. Combien de fois ai-je vu les yeux de madame Sommer se remplir de larmes quand je lui disois que j'ignorois les plus doux sentimens de la nature, et que mes parens m'avoient abandonné.

Le comte charmé de faire connoissance avec ces aimables gens consentit volontiers à ce détour, et ils entrérent dans les montagnes. Arrivés à Grasdorf ils y laissérent

I 6

leurs gens et leurs équipages, et
prirent à pied le sentier qui conduisoit à l'habitation de monsieur
Sommer. Théodore se faisoit un
plaisir de les surprendre, et, craignant qu'au premier abord la vue
d'un étranger ne les gênât, il pria
son grand-père de s'arrêter un instant dans le bosquet de saules,
pendant qu'il feroit le tour du jardin pour entrer dans la maison
sans être apperçu et prévenir ses
amis. Schall y consentit; fatigué
de sa course il s'assit sur un banc
de mousse sous une espèce de berceau pratiqué avec les branches
recourbées des saules. Il admiroit
le bon goût qui avoit dirigé l'arrangement de cet enclos lorsqu'il
entendit des voix à quelque dis-
tance; il vit à travers du feuillage
que c'étoient deux femmes appuyées

sur le bras l'une de l'autre et mises avec une élégante simplicité. A leur son de voix ému et tremblant, au mouchoir qu'elles portoient sur leurs yeux et sur leurs joues mouillées de larmes, on pouvoit juger que le sujet de leur entretien les affectoit également. Elles marchoient lentement en s'arrêtant quelquefois, et passèrent très près de la retraite de Schall qui, craignant de les effrayer, resta en silence à sa place. Elles s'assirent sur un banc en dehors du berceau; l'une d'elles passa son bras autour de l'autre et lui donnant un baiser; chère enfant, chère Vilhelmine, lui disoit elle, verse tes larmes dans le sein de ta mère, et ton secret dans son cœur. Je suis loin de te blâmer, tu l'aimes et je crois qu'il le mérite; ni ton père, ni moi, chère enfant, ne mettrons d'obstacle à votre union ; mais sa mère, dit-il, n'y consentira jamais. Ma Vilhelmine, ma fille, crois mon expérience, quel que soit d'ailleurs le charme d'une union, et tu sais si la nôtre est fortunée, il n'y a point de vrai bonheur lorsqu'on a bravé l'autorité paternelle, lorsqu'on a peut-être à se reprocher d'avoir abrégé les jours de ceux à qui l'on doit la vie, lorsqu'on a manqué au plus saint des devoirs Ton mari t'aimeroit toujours, je veux le croire, mais dans tes bras il penseroit à sa mère et ne seroit pas heureux.

Le son de voix de cette femme quoiqu'altéré par les larmes qu'elle versoit, ses paroles, l'émotion extrême que le comte éprouvoit, tout lui dit que sa fille est près de lui.

« Sans savoir lui-même ce qu'il « fait, n'étant plus le maître de se « contenir, il sort du berceau, elle « se tourne, il la reconnoit, jete un « cri, nomme Julie et la reçoit dans « ses bras sans connoissance. — Comment peindre ce moment : la crainte de l'avoir perdûe à l'instant où il vient de la retrouver soutient seule les forces du comte, il couvre de baisers et de larmes les joues pâles et les mains glacées de sa fille bien aimée. La jeune Vilhelmine, à-peu-près dans le même état que sa mère, cherchoit à la ranimer et recevoit sa part des caresses du comte. Julie enfin donne quelques signes de vie ; son père l'assied sur ses genoux tremblans, l'appuie contre son cœur et dit à Vilhelmine d'aller chercher des secours. La pauvre enfant pouvoit à peine se soutenir, mais elle

vit de loin son père et Théodore qui
s'avançoient, et les pressa par ses
cris. Que vois je ! s'écria Théodore
en s'approchant, madame Sommer... Ma femme, dit M. Sommer
en se précipitant vers elle. — Ma
fille, ta mère, notre Julie perdue
et retrouvée, dit le vieillard; Julie,
Julie, renais à la voix de ton père
et de ton fils. Le comte de Steinthal ! s'écria monsieur Sommer en
se jetant à ses pieds. — Dis ton père,
Eugène ; ton heureux père ; et il le
serra dans ses bras avec sa fille ina-
nimée. Dans ce moment elle ouvrit
les yeux : est-ce un songe, dit-elle
d'une voix foible, ou sommes-nous
dans les régions célestes ?

Ma fille, ma chère fille, disoit
le comte, oui c'est le bonheur céleste et Dieu nous l'accorde sur
cette terre comme un avant-coureur

de celui qu'il nous destine. Alors Julie releva doucement la tête, fixa son père et dit, c'est lui, c'est bien lui, c'est ce père chéri que je pleure depuis vingt ans, dont je me reprochois si amérement la mort. Oh ! mon père, oh ! mon Eugêne, est-il bien vrai que je vous réunis dans mes bras, et elle les serroit tous les deux ensemble sans faire la moindre attention à Théodore qui étoit à genoux devant ce groupe, la tête appuyée sur les genoux de sa mère et la baignant de larmes. Viens aussi, mon fils, lui dit le comte, viens dans nos bras paternels : Heureuse mère, voilà ton fils, ton premier né que je te rends ; qu'il soit le gage de notre amour mutuel, de l'oubli de nos torts. Théodore voulut se jetter dans les bras de ses parens. Julie au lieu de répondre à ses transports baissa les yeux d'un air triste, embarrassé. Monsieur Sommer, ou plutôt le comte Eugêne, prit avec amitié la main de Théodore et la serrant entre les siennes ; plût au ciel, lui dit-il, aimable et bon jeune homme, que vous fussiez mon fils, rien ne manqueroit plus à mon bonheur ; mais je ne puis me faire cette douce illusion ; mon fils est mort peu de jours après sa naissance, j'en ai les preuves les plus sures...Et j'en ai aussi qu'il est votre fils, dit le comte en cherchant avec vivacité un porte feuille où étoit le billet de Julie ; mais il ne le trouva pas ; étant loin de prévoir qu'il en eût besoin, il l'avoit laissé à Grasdorf dans son nécessaire : afin de sauver à Théodore ce moment de doute embarrassant sur sa naissance, il lui ordonna de partir tout de suite pour chercher cette cassette. A peine fut-il éloigné qu'il dit avec chaleur : quoi, mes enfans, votre cœur ne vous dit pas qu'il est votre fils ! Et sa ressemblance seule avec ton mari, Julie !.... Elle m'a frappé souvent, et contribuoit à m'attacher à ce bon jeune homme que j'aime, je vous le jure, comme s'il étoit mon fils ; mais hélas ! il ne l'est pas ; mon fils n'existe plus et cette ressemblance est un jeu de la nature. Le comte voulut plus de détails sur cet enfant ; il s'assit entre Julie et son mari et voici ce que le comte Eugène lui raconta.

Julie étoit grosse de sept mois lorsque nous primes la fuite. Soit le tourment que son cœur avoit éprouvé, soit le mouvement trop rude de la chaise de poste, l'ins-

tant désigné par la nature pour la
rendre mère fut avancé. Elle fut
saisie des douleurs de l'enfante-
ment à Sékembourg, petite ville
à huit ou dix journées d'ici; forcés
de nous arrêter là nous n'osames
pas rester à l'auberge, et le chirurgien que j'avois demandé pour ma
femme nous ayant offert un loge-
ment chez lui, nous l'acceptames.
C'étoit vis-à-vis de la poste; à peine
y étions-nous établis que je vous
vis arriver, mon père, je vous entendis presser pour avoir des chevaux et prendre à notre sujet des
informations. Je vous regardois
comme l'ennemi déclaré de ma
famille et de notre amour. Votre
promptitude à nous suivre, ce désir
ardent de nous retrouver, tout me
fit trembler; sans doute, me dis-je,
il veut m'arracher Julie; et je pris

des soins les plus extrèmes pour nous cacher. Je vous vis partir et je fus plus tranquille, mais dans la même soirée je vous vis revenir et mes inquiétudes recommencérent. Dans cet instant, quand vous étiez sous nos fenêtres, votre fille mettoit au monde un fils très petit, très-foible et paroissant n'avoir qu'un souffle de vie. Julie au contraire, dès qu'elle fut délivrée, reprit des forces et fut étonnamment bien. Vous étiez reparti, mais d'un autre côté, et nous sumes que vous deviez revenir le lendemain. Le chirurgien nous conseilla de profiter de ce moment pour nous mettre plus à l'abri, et m'assura qu'avec quelques précautions la voiture ne feroit aucun mal à ma femme; la sienne prenoit les soins les plus tendres de notre pauvre enfant, elle nous proposa de le garder. Julie ne pouvoit se résoudre à s'en séparer; il m'en coutoit aussi beaucoup, et le chirurgien nous assura encore qu'il soutiendroit fort bien le voyage. Il nous procura des chevaux et nous partimes pendant la nuit; mais avant que d'être arrivés à la première station l'enfant fut saisi de convulsions si affreuses que nous crumes mille fois de le voir expirer dans nos bras; sa pauvre mère étoit au désespoir. Nous arrêtames devant la maison de poste; la femme du maître de poste nous assura que cet enfant ne soutiendroit pas une heure de plus le mouvement de la voiture. Julie presque aussi foible, aussi malade que lui l'inondoit de ses larmes. — Il falloit prendre un parti; je l'engageai à se reposer sur le misérable lit des gens de cette maison , pendant que je retournerois à la ville porter mon enfant au chirurgien , et le prier de le garder et de lui donner des soins. Il étoit encore nuit, il n'y avoit pas à craindre que vous fussiez revenu à Sékenbourg et que je pusse vous rencontrer. Il fallut presque arracher mon fils des bras de sa mère ; l'impossibilité de le conserver autrement , l'obligation de nous éloigner et l'idée qu'elle même étoit près de mourir purent seules l'engager à s'en séparer. Elle écrivit à la hâte un petit billet pour le recommander à la pitié du chirurgien et de sa femme , et l'attacha dans ses langes ; elle le couvrit de baisers et de larmes , lui donna mille fois sa bénédiction et me le remit en me demandant avec instance de la rejoindre aussitôt qu'il

me seroit possible. Elle m'a avoué
depuis qu'elle se sentoit si mal
qu'elle craignoit de ne pas me revoir : chargé de mon précieux far-
deau j'arrivai dans la matinée chez
le chirurgien ; mon enfant respiroit encore et s'étoit doucement
endormi dans mes bras. Je frappe
à la porte, une vieille servante vient
m'ouvrir et m'apprend que son
maître et sa maîtresse sont partis
au point du jour pour aller chez
les parens de la dernière dans une
autre ville, mais que son maître
qui ne pouvoit quitter ses malades
reviendroit sûrement le même soir.

Au désespoir de ce contre-tems,
pressé de retourner auprès de Julie
il fallut bien laisser l'enfant. Je donnai à cette fille tout l'argent que j'a-
vois sur moi pour l'engager à le bien
soigner pendant cette journée. J'é-
crivis

crivis au chirurgien de la manière
la plus pressante et je revins auprès
de ma femme ; je lui dis ce qui
pouvoit la rassurer. Nous conti-
nuames notre route tristement, mais
assez tranquillement, par des chemins détournés. Nous espérames
trouver dans les montagnes de la
Silésie une retraite inaccessible aux
recherches, et nous arrivames dans
ce village écarté. Nous logeames
d'abord chez un honnête tisserand
qui nous céda une chambre ; là ma
pauvre Julie eut une longue et
cruelle maladie causée par sa cou-
che et ses fatigues , et par son regret d'être séparée de son fils et
d'avoir quitté son père. Mes tendres soins, sa jeunesse, son bon
tempérament la sauvèrent. Dès
que je pus la quitter sans danger je
voulus du moins lui donner la con-

solation de revoir son enfant, et je
partis pour l'aller chercher, muni
d'une somme d'argent pour recom-
penser le bon chirurgien. Avec
quelle émotion j'approchai de Sékenbourg et de la maison de cet
honnête homme : mes regards cherchoient partout mon fils.... j'entrai
et ne trouvai que sa femme, il
étoit absent; dès qu'elle me reconnut
elle fondit en larmes..... non, ses
larmes ne pouvoient être feintes,
et quel intérêt d'ailleurs auroit elle
eu à me tromper, à me plonger
un poignard dans le cœur? Je lui
dis, je lui répétai que je donnerois
ce que je possédois pour avoir conservé mon enfant, pour le ramener à sa mère. Hélas ! me dit-elle,
il est mort le même jour où vous
l'aviez apporté, une forte convul-
sion l'emporta ; je m'étois attachée

à cette pauvre petite créature à l'instant de sa naissance ; je n'ai point d'enfant, j'aurois fait mon bonheur de le garder ou de vous le rendre à présent en bonne santé ; mais mon mari m'assure qu'il étoit né avant le terme et qu'il ne pouvoit pas vivre : pauvre petit ! je l'ai pleuré comme s'il eût été à moi et j'appréhendois le moment où vous viendriez me le redemander. Elle vouloit que j'attendisse son mari pour qu'il me remit son extrait mortuaire et me donnât tous les détails. Mais qu'aurois je appris de plus, mon enfant n'existoit plus, et, quoique je n'eusse jamais bien compté sur sa vie, mon cœur étoit navré de ne pas le rapporter à sa mère.... Je comptois les momens que j'étois séparé d'elle, c'étoit avec elle que je voulois pleurer ce cher

petit être qui n'avoit connu son
existence que par la douleur; cet
enfant de notre amour qui m'auroit été doublement cher; car c'étoit
à lui que je devois d'être l'époux
de Julie. Sans lui jamais elle n'eût
consenti à quitter son père. Je m'obs-
tinai donc à repartir tout de suite,
et combien je m'applaudis de n'a-
voir pas prolongé mon voyage !
Je trouvai Julie au désespoir ; une
gazette qui lui étoit par hasard
tombée entre les mains lui avoit
appris que vous n'étiez plus. Graces
soit rendues au ciel, mon cher père,
de ce que cette nouvelle s'est trouvée fausse ! mais dans le tems nous
ne pumes en douter ; vous étiez
désigné par vos titres, par le nom
de vos terres ; dans quelle douleur
elle nous plongea ! Julie se regardoit comme l'unique cause de vo-

tre mort ; elle auroit voulu l'expier par la sienne, et plus d'une
fois je me crus près de la perdre.
Pour son époux , pour son fils elle
consentit à vivre , car je lui avois
caché qu'il n'existoit plus ; je lui
dis seulement qu'il étoit encore
trop foible pour soutenir le voyage,
et je ne lui appris sa mort que lorsque la naissance de notre Wilhelmine fut une consolation pour elle.
Julie regarda cette nouvelle douleur comme une punition de celles
qu'elle avoit causées à son père et
s'y résigna sans murmurer. J'avois
à cette époque acheté ce domaine
que nous n'avons plus quitté, et
où, sous le nom de Sommer, nous
aurions été si heureux si Julie n'a-
voit pas eu dans le cœur le ver
rongeur d'avoir accéléré la mort
de son père. Nous eumes cinq en-

fans qui l'attachèrent à la vie,
auxquels elle donna tous ses soins;
mais qui n'ont pu dissiper sa mélancolie. Combien de fois ne m'a-
t-elle pas dit en les regardant, les
yeux baignés de pleurs; Dieu est
trop bon pour moi, j'aurois mérité
de les perdre tous comme j'ai perdu
mon aîné; moi qui ai brisé le cœur
de mon père. Jamais elle n'eut seulement la pensée d'aller réclamer
votre héritage; sans doute, disoit-
elle, mon père a déshérité sa fille
rebelle; mais quand il ne l'auroit
pas fait je me rends justice à moi-
même, j'ai causé sa mort, je n'ai
aucun droit à ses biens, Julie de
Steinthal n'existe plus. Ah! puisse
tout l'univers oublier qu'elle ait
existé! Jure-moi, cher ami, que
nos enfans ne porteront jamais
d'autre nom que celui de Sommer,

qu'ils vivront et mourront dans une heureuse obscurité et qu'ils ignoreront à quel prix ils ont reçu la vie.

Pendant ce récit Julie, ne pouvant supporter l'émotion qu'il lui causoit et s'appuyant sur le bras de sa fille, s'étoit éloignée : elle étoit allée chercher ses autres enfans pour les présenter à son père ; les larmes de ce père sensible couloient en écoutant son gendre. Combien nous avons été tous malheureux ! dit-il, moi en vous cherchant inutilement ; vous en pleurant ma mort prétendue. Je suppose que cette erreur a été causée par la mort effective de mon parent le comte Sigismond de Steinthal ; il cessa de vivre environ six mois après mon départ et, comme en partant je lui avois remis toutes

K 4

mes terres, on l'aura désigné comme en étant le possesseur actuel.
Sur quelques faux renseignemens je
crus que vous aviez quitté l'Allemagne et je me suis obstiné pendant seize ans à vous chercher
dans les contrées les plus éloignées.
Le ciel sans doute a voulu nous
punir ; mais il s'est enfin laissé toucher, il a accepté notre répentir
et il s'est servi pour cela de ce bon
jeune homme que je persiste à
croire votre fils. Il y a là un mystère que je pénétrerai. Il faut parler
à ce chirurgien ; vous n'avez pas
eu l'acte mortuaire de votre fils,
vous ne l'avez pas vu expirer ?
Non, dit le comte Eugène, mais je
n'ose croire à un si grand bonheur.
Dieu de bonté, dit-il en élevant
la voix et les yeux au ciel, nous
rendriez - vous à la fois les deux

objets chéris que nous avons cru
couchés dans le tombeau ; verrai-je
enfin ma Julie heureuse ? — Elle
s'approchoit entourée de ses cinq
enfans ; tous vinrent se jeter dans
les bras du comte en l'appelant
grand papa, en lui demandant sa
bénédiction ; il la leur donna avec
les plus tendres caresses. Soyez
bénis, leur disoit-il, vous les enfans
de mes enfans, vous avec qui je
vais commencer une nouvelle vie.
Dans ce moment Théodore qui
revenoit de Grasdorf avec le porte-
feuille du comte parut à l'entrée
du bosquet ; lui seul manquoit à
cet heureux groupe et il n'osoit
s'en approcher ; mais au moment
où le comte Eugène et Julie l'apperçurent, ils coururent à lui et
le serrèrent dans leurs bras. Tu es
notre fils, lui dirent-ils, par l'adop-

tion de nos cœurs si tu ne l'es pas
par la nature. Tu m'as amené mon
père, disoit Julie, tu es pour moi
plus qu'un fils s'il est possible, tu
es mon ange tutélaire ; et ils l'en-
traînérent auprès du comte et de
leurs enfans. Bénissez aussi votre
fils Théodore, lui dirent-ils : mes
enfans, embrassez votre frère. Ils
l'aimoient déja tendrement et furent transportés de joie en apprenant combien il leur appartenoit
de près. Pendant ce tems là le comte
cherchoit le billet, il le présenta à
Julie ; est-ce celui que tu écrivis en
envoyant ton enfant au chirurgien ?

Oui, oui, dit-elle, c'est bien le
même, j'y vois encore la trace de
mes larmes. Oh ! combien j'en ver-
sai en l'écrivant, en l'attachant
dans l'enveloppe de mon fils ; cette
enveloppe étoit très remarquable,

c'étoit un chall de Cachemire d'un grand prix, que mon oncle m'avoit apporté de ses voyages ; c'étoit ce que j'avois de plus chaud ; j'en enveloppai mon pauvre enfant et par dessous étoit en forme de langes un grand mouchoir de fine toile blanche marqué du nom d'Eugène. — C'est ce que nous verrons chez Lindner, reprit le comte, nous partons demain pour Lobenstein et en passant à Sékembourg j'éclaircirai l'histoire du chirurgien.

— A Lobenstein ? dit Julie en regardant son mari.

— Oui ma fille, c'est là où tous les doutes sur la naissance de Théodore doivent être levés, c'est là que le bonheur t'attend. Ta cousine Amélie, la baronne de Rosbane, a une fille charmante.....

— Elle a un fils aussi, dit Julie,

K 6

— Oui, mais il est bien moins aimable que sa sœur.

Wilhelmine qui étoit assise à côté de sa mère lui dit un mot à l'oreille, se leva, prit ses deux petits frères par la main et les emmena. Le comte la suivit des yeux ; ta fille aussi est charmante, dit il à Julie; alors il se rappela ce que sa mère lui disoit au moment où il l'avoit reconnue, et lui en demanda l'explication ; elle la lui donna tout de suite.

Il y a environ une année, lui dit-elle, que mon cher Eugène courut le plus grand danger. Il se promenoit dans la montagne en herborisant et sans aucune arme, lorsqu'un loup furieux vint à lui dans un chemin étroit; il n'y avoit aucun moyen de l'éviter et l'affreux animal alloit se jeter sur lui, lorsqu'un jeune homme, qui lui parut un ange envoyé du ciel pour le sauver, s'élança d'une colline qui dominoit le sentier et avec un fusil à deux coups qu'il portoit visa si juste qu'il étendit à ses pieds la bête féroce. Mon mari vint l'embrasser en le nommant son libérateur et me l'amena en nous le présentant comme un homme à qui il devoit la vie. Cela seul nous eût suffi pour l'aimer; mais il avoit encore une figure charmante et les manières d'un homme très - bien élevé. Il nous dit qu'il se nommoit Rosen, qu'il étoit Silésien, que le goût de la chasse l'avoit amené dans nos montagnes et que le pays lui avoit paru si délicieux qu'il s'étoit établi chez un paysan près de Grasdorf, à une lieue de nous, et qu'il comptoit y passer tout l'été. Nous le

priames de regarder notre maison
comme la sienne; il profita de cette
invitation et il est venu à-peu-près
tous les jours. Souvent même il
passoit ici des semaines entières,
quand la neige ou la pluie ren-
doient les chemins trop difficiles ;
car il prolongea son séjour dans
nos environs et nous ne tardames
pas à en déviner le motif : il aimoit
notre Wilhelmine, et cette pauvre
enfant s'attachoit tous les jours plus
à lui ; j'en parlai à Eugène avec la
plus vive inquiétude ; il me rassura,
J'aime déja Rosen comme mon fils,
me dit-il, pourquoi ne le devien-
droit-il pas? Pourquoi ne m'acquit-
terois-je pas de ce que je lui dois
en lui donnant ma chère Wilhelmine. Il n'est pas noble , il est vrai ,
mais Wilhelmine *Sommer* n'est pas
plus que lui, me dit-il en souriant;

et ne sommes-nous pas convenus
que nous n'aurions jamais d'autre
nom ? Rosen m'a dit souvent qu'il
n'avoit plus de père, qu'il étoit son
maître, peut être pourra-t-il vivre
avec nous, et combien ne serions-
nous pas heureux de garder notre
fille et de la voir heureuse avec
celui qu'elle aime ! Dès demain je
parlerai au jeune homme, je saurai
ses circonstances ; il paroît être
dans l'aisance ; mais quand il n'auroit rien ce ne sera pas un obstacle
s'il veut rester avec nous. J'em-
brassai mon mari et j'approuvai
son projet. Le soir même j'engageai ma fille à m'ouvrir son cœur ;
j'y trouvai l'amour le plus tendre
et le plus innocent et je lui donnai
des espérances.

Le lendemain Rosen vint comme
à l'ordinaire ; Eugène voulut que
je fusse présente à leur entretien ;

il lui parla avec la plus noble franchise et lui demanda d'en avoir aussi avec nous et de nous dire s'il pouvoit devenir notre fils. Pendant que mon mari lui parloit je le fixai, je le vis pâlir et rougir alternativement ; ses yeux étoient baissés et toute sa contenance exprimoit sa confusion. Dès qu'Eugène eut fini, le jeune homme tomba à nos pieds et put à peine articuler ; je vous ai trompé, j'adore votre fille, je n'aurai jamais d'autre épouse ; mais je vous en ai imposé sur tout le reste: mon nom n'est point Rosen ; au-dessus de Wilhelmine par le préjugé de la naissance , combien je suis au-dessous d'elle et de vous par ma conduite précédente ! Qu'allez-vous penser de moi quand vous saurez qui je suis.

Achevez, lui dit Eugène en le relevant, je dois vous pardonner

de m'avoir caché votre nom ; il est
des circonstances si impérieuses....
mais quels étoient vos motifs ?

La honte et le remords, je suis....
je suis ce baron de Rosbane dont
je vous ai entendu parler si souvent avec tant d'horreur au sujet
de la jeune fille que vous aviez re-
cueillie (Rosbane, s'écria le Comte !
Emile de Rosbane !) Rosbane ! nous
écriames-nous aussi tous les deux
avec un ton douloureux. Indépendamment de la mauvaise opinion
que l'histoire de Marie m'avoit donnée de mon jeune parent, je sentois bien qu'une union avec ma
fille étoit impossible puisque je
voulois garder le nom de Sommer.
Il crut que notre chagrin ne portoit que sur ses mœurs et nous con-
jura de l'entendre ; il rejeta en entier ses fautes sur sa mère, sur l'é-

ducation qu'il avoit reçue; c'est,
uous dit-il, l'ennui, l'oisiveté, le
désir d'échapper à la domination
tyrannique de ma mère qui m'ont
entraîné dans ce crime dont j'ai
le répentir le plus sincère ; heureux
encore d'avoir respecté l'innocence
de cette jeune fille que j'avois en
mon pouvoir, et de n'avoir pas de
plus grands reproches à me faire!
Cependant à mon retour à Lobenstein je n'ai pu soutenir sa présence,
ni les railleries cruelles de ma mère
sur cette entreprise, et je me suis
décidé à venir passer quelque tems
chez le pere de mon chasseur, dans
la maison où j'avois amené Marie.
Ce pays m'avoit plu, j'y pouvois
vivre ignoré sous un autre nom et
me livrer au plaisir de la chasse
que j'aimois beaucoup. Peu de jours
après mon arrivée j'eus le bonheur

de vous rencontrer, et de vous
rendre un service ; c'est de ce moment que je devrois dater mon
existence, car ce n'est que chez
vous que j'ai connu tout le charme
de la vertu : j'avois, il est vrai, déja
commencé à haïr le vice ; mais je ne
me faisois aucune idée du bonheur
d'une vie uniforme, paisible, occupée et animée par les plus doux sentimens. J'ose vous l'assurer, chaque
jour je devenois meilleur, j'étois
plus content de moi-même ; mon
attachement pour Wilhelmine sembloit purifier mon cœur : j'osois
quelquefois espérer qu'il étoit partagé, et quand je lisois dans cette
âme ingénue, combien je me reprochois de la tromper ! Le nom de
Rosbane erroit alors sur mes lèvres ;
cent fois j'ai failli à l'avouer ; mais
Wilhelmine aimoit si tendrement

Marie, détestoit si fort Rosbane et
m'en disoit tant de mal que je n'ai
jamais eu le courage de lui faire
cet aveu. Aujourd'hui je n'ai plus
rien de caché pour vous, mon père,
mon ami ! dites que vous me pardonnez, que vous ne m'ôtez pas
tout espoir. Je n'ose, il est vrai,
pas me flatter du consentement de
ma mère, mais je suis absolument
maître de mon sort et je le jure
encore ; je n'aurai jamais d'autre
épouse que Wilhelmine. Nous nous
regardames Eugène et moi, et ce
regard suffit pour nous entendre;
d'un commun accord nous embras-
sames ce jeune homme ; nous l'as-
surames de notre amitié et du pardon d'une faute aussi bien sentie ;
mais nous lui dimes qu'un mariage
contre la volonté de sa mère ne
pouvoit avoir lieu. Il insista avec

tant de force et d'une manière si
touchante que nous lui promîmes
d'y réfléchir encore. Mon mari l'in-
vita à revenir dans quatre jours
savoir notre résolution et c'est au.
aujourd'hui que nous l'attendons.
Nous étions décidés à un refus positif : nous faire connoître à ma cousine nous étoit insupportable, mais
quand nous aurions voulu faire cet
immense sacrifice à notre fille, ne
devions - nous pas présumer que
Wilhélmine *de Burgau* ne trouveroit pas plus de faveur auprès d'elle
que Wilhelmine *Sommer*, n'ayant
d'ailleurs aucune fortune à lui offrir.
Sous le nom de Sommer, habitans
des montagnes de Silésie, nos enfans
pouvoient être heureux dans leur
simplicité ; comme comtes de Burgau ils seroient malheureux, et
quelque tendresse que nous ayons

pour notre fille aînée nous ne pou-
vions pas lui sacrifier le bonheur
de toute notre famille. Aujourd'hui,
donc je cherchois à préparer cette
pauvre enfant au sacrifice de son
amour, et c'est au moment où je
m'affligeois avec elle que le bonheur
le plus inattendu, le plus inespéré
est venu changer mon existence.
Disposez de moi et de mes enfans,
mon père, nous ne voulons plus
vous quitter ; je serai fière de repa-
roître à côté de vous dans ce monde que je voulois abandonner pour
jamais. Je serai heureuse de vivre
avec vous dans la retraite ; avec
Eugène, avec mon père, avec mes
six enfans, je le serois à la cour
des rois et dans un désert. Le
comte l'embrassa et leur dit : lais-
sons venir Rosbane, je lui parlerai, je saurai jusqu'à quel point

on peut compter sur ce jeune homme. Demain nous partons tous pour Lobenstein , allez vous préparer à ce départ. Ils rentrèrent à la maison; les yeux du comte et plus souvent ceux de Wilhelmine se portoient sans cesse sur le jardin pour voir arriver Emile. Avant qu'il entrât son oncle vouloit aller à lui et pénétrer dans son cœur. L'heure où on l'attendoit étoit déja écoulée, Wilhelmine avoit peine à cacher son inquiétude lorsqu'un de ses petits frères apporta une lettre qu'un vieux paysan venoit de lui remettre; elle étoit pour monsieur Sommer, il la lut tout haut et voici ce qu'elle contenoit.

„ J'allois chez vous, mon respectable ami, apprendre votre décision et mon arrêt de vie ou de mort; car mon existence tient

» à votre aveu pour mon mariage,
» et vivre sans Wilhelmine, vivre
» éloigné de vous me paroît im-
» possible; je l'ai senti pendant ces
» trois mortels jours d'exil, et ce-
» pendant j'ai la force de le pro-
» longer moi-même. Je viens de
» recevoir une lettre de ma sœur,
» la seule personne qui sache où
» je suis; elle m'écrit que ma mère
» est très mal; sa lettre est restée
» quinze jours en chemin; peut-
» être en ce moment n'ai-je plus
» de mère! Ce n'est pas à vous
» qu'il est besoin de dire ce que
» cette supposition me fait souf-
» frir. Si ma mère est morte sans
» me pardonner, sans me bénir,
» il me semble que je ne suis plus
» digne de devenir votre fils; je
» me fais horreur à moi-même;
» hier encore je me croyois presque

» que vertueux, et je me cachois
» à ma mère, et je la laissois dans
» l'inquiétude sur son fils! Je l'avois
» quittée, irritée contre moi, et
» depuis une année je n'ai rien fait
» pour me rapprocher d'elle. Oh !
» combien je suis loin encore de
» mériter Wilhelmine et le bon-
» heur. Mais s'il en est tems, si
» Dieu ne m'a pas puni en m'en-
» levant ma mère, je cours répa-
» rer mes torts et lui ramener
» un fils respectueux et soumis ;
» peut-être alors..... mais dans ce
» moment je ne veux penser qu'à
» ma mère. Je vous écris pendant
» qu'on me prépare une chaise,
» je vais courir jour et nuit, je
» ne me permets pas même d'aller
» vous voir. Adieu chers et ver-
» tueux amis ; adieu chère Wilhel-
» mine ! je pars décidé à ne plus

Tome V.   **L**

„ désobéir à ma mère, si je suis
„ assez heureux pour la retrou-
„ ver ; puisse son cœur s'attendrir
„ pour un fils répentant ".

EMILE DE ROSBANE.

Bien ! fort bien ! s'écria le comte ;
je préfère une action à mille paroles , et cette fois je suis content
du jeune baron : mais je suis in-
quiet sur ma nièce ; c'est une raison
de plus de hâter notre départ. Wilhelmine , mon enfant , va tout
préparer , lui dit son père. Elle y
courut et l'on peut croire qu'elle
y mit de l'activité.

Le lendemain l'heureuse famille
se mit en chemin dans deux voitu-
res ; le comte et Théodore restè-
rent ensemble dans leur chaise de
poste. En approchant de Sékenbourg le cœur du jeune homme

battoit avec force, et celui du vieillard n'étoit pas plus tranquille ; il
s'étoit tellement attaché à Théodore
qu'il avoit repoussé toute espèce de
doute, à présent que tout va s'é-
claircir il s'en présente mille à son
esprit : ... Le billet de Julie ne peut-
il pas avoir été placé sur un autre
enfant ; mais Théodore ressemble
au comte Eugêne, et ce concours
de circonstances ne peut pas être
un jeu du hasard. Tour-à-tour
tremblant et rassuré il étoit plongé
dans ses réflexions et gardoit le silence ; Théodore le rompit en disant avec feu ; Dieu m'en est témoin, ce n'est pas le titre de comte
de Burgau, ce n'est pas les biens
du comte Louis que je regretterai ;
mais Héloïse, mais un père, une
mère, comme Eugêne et Julie. Ah !
du moins, dit-il en se jetant dans

L 2

les bras du comte, je serai toujours
le fils de Schall et de Lindner.

Ils arrivèrent aux portes de la
petite ville et, dès que l'autre voiture les eut joints, ils se firent
mener chez le chirurgien qui heu-
reusement vivoit encore. Sa femme
plus âgée que lui étoit morte depuis
longtems. Il ne reconnut ni monsieur ni madame Sommer, qu'il
n'avoit pas vus depuis vingt-trois
ans; il ne savoit pas même leur
nom; mais au moment où il apperçut Théodore il s'écria avec
joie : ah! le voilà donc notre enfant! Vous êtes tous ses parens, je
suppose? Il me semble bien que
voilà cette belle dame qui le mit au
monde ici dans cette chambre il y a
vingt-trois ans. Il y a du tems de
cela et on ne devient pas jeune. Eh
bien, vous venez me remercier,

n'est ce pas, de l'avoir remis à quelqu'un qui vous l'a élevé comme un
prince et sans qu'il vous en ait rien
couté ? Je n'ai pas fait de meilleure
action en ma vie.

Quoi ! malheureux, dit le comte
Eugêne en tremblant de joie et de
colère, vous m'avez trompé ? mon
enfant n'étoit pas mort ? Quel dé-
mon a pu vous porter à plonger
dans la douleur d'infortunés parens,
à leur soustraire leur enfant, à leur
faire pleurer sa mort pendant plus
de vingt ans ?

Là, là, là, calmez-vous, dit le
vieillard, le voilà votre enfant et
bien plein de vie. Je l'ai vu venir
ici plus de cent fois à cheval, je le
reconnois bien : est-ce moi qui
vous ai dit qu'il étoit mort ?

— Non, mais votre femme et
avec des larmes.....

— Oh ! ne lui en voulez pas à cette bonne ame, elle parloit et pleuroit de bonne foi. Elle a, je crois, regretté votre enfant autant que vous, si seulement elle étoit là pour le voir !

Le sang froid de cet homme, sa gaieté, son air satisfait et surtout la présence de Théodore désarmèrent le comte. Dès les premiers mots que le chirurgien avoit prononcés, Julie étoit tombée dans les bras de Théodore, elle l'appeloit son fils chéri, son bien aimé et le dédommageoit bien du moment de doute qu'elle avoit eu. Schall levoit les yeux au ciel, des larmes couloient sur ses joues ; il serroit la main de son petit-fils en disant : mon cœur me l'a d'abord nommé. L'heureux père vint se joindre à ce tableau. Les jeunes en-

fans crioient de joie en embrassant
leur frère. Le vieux chirurgien, les
lunettes sur le nez, regardoit avec
étonnement cette scène; on croi-
roit que vous le reconnoissez seulement à présent, leur dit-il enfin,
et il y a plus d'un an que vous l'a-
vez retrouvé, et vous arrivez avec
lui. Je m'informois toujours de notre enfant et j'appris avec un grand
plaisir que ses parens l'avoient reconnu et emmené.

Mais, au nom du ciel, dit le comte
en se rapprochant de lui, pourquoi cette supposition de mort?
Pourquoi l'avoir remis chez Lindner? Que de larmes vous nous avez
fait verser! Dites-nous du moins vos
motifs.

Il ne se fit point presser. Asseyez-
vous là, leur dit-il, et vous saurez
tout. Si j'ai mal fait d'abord, la

L 4

chose a trop bien tourné pour m'en vouloir.

Vous saurez, continua-t-il avec son ton jovial, que je n'ai jamais pu souffrir les petits enfans; plus j'aidois à en mettre au monde et plus ce guignon augmentoit; la mère souffre, l'enfant crie, et puis qu'a-t-on au bout du compte, du bruit, de l'embarras, des inquiétudes, de la dépense et voilà tout. Vous n'êtes pas de mon goût, dit-il en regardant tous les petits Sommer, à la bonne heure, chacun le sien : quant à moi j'épousai une vieille femme tout exprès pour n'avoir point d'enfans. Par esprit de contradiction, je crois, elle les aimoit à la folie et me reprochoit toujours de l'avoir épousée trop tard. Quand le vôtre vint au monde chez moi, elle eut envie de le gar-

der et vous le demanda; et moi
qui en avois une peur effroyable
je le renvoyai bien vîte avec vous
et je m'en crus débarrassé : ma
femme grondoit, le regrettoit; je
l'emmenai chez ses parens pour la
distraire; et Dieu sait combien je
fus capot le soir en revenant de
trouver le petit bambin qui brail-
loit dans ma cuisine entre les bras
de ma vieille servante : je voulois
le mettre à la rue; mais elle me
donna votre lettre et puis le petit
billet attaché sur l'enfant. Ma
foi on a un cœur et le mien fut
touché; mais que faire du marmot?
Malgré ses sept mois il avoit bonne
vie; la fille l'avoit si bien soigné
tout le jour qu'il étoit à merveille.
Je vous avoue, monsieur et madame, que malgré votre bonne mine
et vos beaux ducats je n'espérois

L 5

pas trop vous revoir. Ils vont courir le monde, pensai-je, ils ont voulu se débarrasser de cet enfant, cela est clair et m'en voilà chargé pour toujours, moi pauvre diable qui ai assez de peine à gagner ma vie. Il y a du tems jusqu'à ce qu'il puisse être apprentif chirurgien. Je résolus donc d'en charger à mon tour quelqu'un plus en état que moi de l'élever, et en cherchant dans mes pratiques je vins à penser à un certain Lindner qui demeuroit dans un joli village à deux milles d'ici où l'air est excellent; vous voyez que je pensois à tout : c'étoit un garçon riche, entre deux âges, savant s'il en fut jamais, qui pourroit, disois-je, laisser à l'enfant son bien et sa science. Il vivoit avec une jeune sœur, bonne et tendre, fille, qui le soigneroit à merveille;

le petit billet adressé à ma femme
et à moi leur convenoit tout aussi
bien ; je le rattachai sur la poitrine
de l'enfant.... Je commençai par
envoyer la servante à ma femme,
en la chargeant de lui dire que le
petit nous étoit revenu et que j'allois le porter à une nourrice. Dès
que je fus seul avec lui je lui fis
avaler une petite potion calmante
et anti-spasmodique qui l'endormit
paisiblement ; je l'empaquetai bien,
je le posai dans une boëte trouée
et ficelée ; puis je le portai à un
pauvre diable d'invalide que j'avois
guéri à l'hôpital et qui se seroit mis
au feu pour moi, et je le chargeai
d'aller le poser à Lobenstein sur la
fenêtre de monsieur Lindner. Il
partit et s'acquitta très-bien de son
message ; il avoit frappé à la fenêtre ; monsieur Lindner lui - même

L 6

l'avoit ouverte et pris la boëte. M'
voilà bien content, n'est-ce pas
Eh! bien, pas tant que vous le
croyez, je ne fermai pas l'œil de
toute la nuit, il me sembloit toujour
entendre pleurer ce pauvre petit.
Deux jours après, ne pouvant plus
y tenir, je renvoyai mon invalide
à Lobenstein pour en avoir des
nouvelles ; mais cette fois il fut
moins heureux, Lindner le rencontra, le reconnut, l'arrêta et le
mit entre les mains de la justice,
pour qu'il déclarât d'où venoit cet
enfant qu'on débitoit être à sa pauvre jeune sœur ; et s'il n'avoit pas
trouvé le moyen de s'échapper notre histoire étoit découverte : heu-
reusement elle ne le fut pas et
Lindner garda l'enfant ; la jeune
sœur se maria ; on l'éleva avec de
fils de la maison et même avec les

enfans du château. Il est trop heureux que j'aie eu cette bonne idée et que je n'aie pas été chez moi quand vous le vintes chercher ; car je vous aurois raconté tout franchement, comme à présent, ce que j'en avois fait ; vous l'auriez repris, vous l'auriez emmené et.......

Et je n'aurois jamais connu Schall, s'écria Théodore, et je n'aurois pas aimé Héloïse !

Et je chercherois encore ma fille, s'écria le comte.

Et nous pleurerions encore notre père, dirent à la fois Eugêne et Julie. Par un mouvement spontané ils vinrent tous embrasser le bon chirurgien. Je le savois bien, disoit-il, qu'il falloit me remercier. Je fus cependant fâché quand ma femme me raconta votre visite et votre chagrin ; mais que faire ? Le mal étoit sans remède, nous ne savions pas même votre nom ni où vous envoyer l'enfant ; je me consolai en pensant que vous en auriez assez d'autres et je ne me suis pas trompé. Ce ne fut qu'alors que j'avouai à ma femme ce que j'avois fait de l'enfant ; craignant ses reproches je lui avois dit à son retour qu'il étoit mort. Dès lors toutes les fois qu'elle m'en parloit je lui reprochois à mon tour de ne vous avoir pas gardés, ou demandé du moins votre nom et votre demeure. Elle eut le plaisir de voir l'enfant qui venoit quelquefois se promener jusqu'ici avec son ami le jeune baron de Senk, et c'étoit bien lui qui avoit l'air d'être un Seigneur. Il y a un an environ que ne le voyant plus je fus en me promenant jusqu'à Lobenstein sans savoir ce qu'il étoit devenu : jugez de ma joie quand on me dit que ses parens l'avoient reconnu, et que son grand-père, un des premiers comtes de l'Allemagne, l'avoit emmené. Alors ma conscience fut bien soulagée et j'ai dormi bien tranquille.... je dormirai mieux encore à présent que je vous ai vus tous ensemble.

Comme il l'avoit dit il fut remercié et surtout de Théodore dont le sort étoit enfin décidé. Sa mère ne pouvoit le quitter, elle pria le comte de lui céder sa place dans la chaise de poste pour le trajet de Sékembourg à Lobenstein. Son fils en profita pour lui raconter ses amours avec Héloïse et combien il avoit d'obligation à la lettre qu'elle écrivit à Eugène le jour de leur départ. Julie étoit surprise que cette lettre fût tombée entre les mains de la baronne , mais elle se rappela qu'Eugène s'étoit souvent affligé de l'avoir oubliée sur la table; il espéroit qu'Annette l'auroit trouvée et ce fut la baronne.

Combien Héloïse va vous aimer , disoit Théodore à sa mère , vous qu'elle a prise pour son modèle , vous si différente de l'orgueilleuse et froide Amélie. On arriva devant la maison de Lindner et c'est là qu'on descendit. Il tardoit aux parens de témoigner leur reconnoissance à cette excellente famille ; l'heureux Théodore les présenta les uns aux autres et leurs cœurs s'attendrirent bientôt. Julie fit tant de caresses à la bonne Sabine que , malgré son titre de comtesse , elle la mit tout - à - fait à son aise ; le chall de Cachemire et le mouchoir blanc marqué *E. D. B.*

furent sortis de l'armoire où Sabine
les conservoit avec soin. Julie n'a-
voit plus besoin de preuves, mais
elle les revit avec plaisir et Sabine
fut priée de garder le chall qui
étoit d'un grand prix. Marie et
Wilhelmine transportées de joie de
se revoir sortirent ensemble, elles
avoient bien des choses à se dire ;
Wilhelmine plaida la cause du baron de Rosbane et obtint son pardon. Lindner sortit et rentra bientôt avec un bel enfant sur les bras,
c'étoit celui d'Auguste et de Marie
qui avoit quelques mois. Je ne puis
me passer d'un petit Théodore,
dit le bon vieux oncle, à présent
qu'on m'a pris le mien en voilà un
qui le remplace et qui saura le
grec si je vis, dit-il en lui donnant
un baiser, et les tiens aussi si tu
veux me les confier. Alors Schall
les quitta pour aller au château

prévenir sa niéce de leur arrivée
et lui demander ses deux enfans.
Sabine lui dit qu'en effet elle avoit
été très-malade et que sa fille l'a-
voit soignée comme auroit pu le
faire un ange. Le comte en entrant
chez elle la trouva couchée sur
une chaise longue , pâle , foible,
maigrie , mais convalescente. Héloïse et son frère étoient tous deux
à côté d'elle ; son fils lui tenoit une
main ; sa fille lui faisoit une lecture. Dès qu'elle vit le comte une
foible rougeur colora ses jouçs ;
soyez le bien venu , cher oncle ,
lui dit-elle , mes vœux et mon cœur
vous appelloient : votre niéce ne
ressemble plus à l'*arbre empoisonné
des Antilles* : voyez, dit-elle en passant un bras autour de chacun de
ses enfans , on ne craint plus de
s'en approcher. Le comte vint aussi
l'embrasser et s'assit près d'elle après

avoir fait des amitiés à ses deux enfans. J'ai vu la mort de trop près ,
lui dit Amélie , pour n'avoir pas
reconnu le néant de l'orgueil et de
mes projets de domination , je n'en
forme plus d'autre que de rendre
mes enfans heureux. Voyez cet ange , dit-elle en montrant Héloïse ,
elle ne pouvoit espérer le bonheur
que par ma mort, elle m'a soigné
comme si le sien dépendoit de ma
vie ; c'est à elle que je dois de vous
revoir encore. Et mon fils ! il m'a
rendu sa tendresse , sa confiance ;
il m'a offert le plus grand des sacrifices ; je veux à mon tour lui
rendre une mère. Oui , mes enfans,
je ferai votre bonheur et j'en jouïrai
avec vous. Mon oncle , avez-vous
ramené votre petit-fils Théodore ?
Héloïse est à lui.

Oui , ma nièce , dit le comte ,
et non seulement Théodore , mais

son père , sa mère , le comte et la comtesse de Burgau , et cinq enfans de plus. Amélie , je suis le plus heureux des pères et pour achever mon bonheur je te demande ton fils pour l'ainée de mes petites filles , pour la sœur de Théodore. Le jeune baron baissa les yeux et ne répondit rien. Sa mère prit la parole et dit avec une nuance de son ancienne fierté ; non , non , mon cher oncle , cela ne se peut et j'en suis fâchée , mais j'ai promis à mon fils de ne plus m'opposer à son bonheur et je lui tiendrai ma parole. Il aime une jeune Silésienne sans nom et sans fortune, il est vrai ; mais fille des gens les plus respectables, les plus vertueux; c'est à cette famille que je dois le changement de mon fils et ses bons sentimens.En m'avouant son amour et tout ce qu'il doit à monsieur et

à madame Sommer, il m'a offert
d'y renoncer et de ne plus les revoir si je l'exigeois, en me demandant seulement de ne pas lui proposer encore une autre femme. Ce
sacrifice m'a touchée. Cher oncle,
je veux connoître ces Sommer, dès
que j'aurai repris assez de forces
j'irai en Silésie, et s'ils sont tels
que mon fils me les a dépeints sa
Wilhelmine est à lui.

Rosbane baisa avec transport la
main de sa mère, puis leva sur le
comte des yeux supplians et lui
dit ; mon oncle, si vous connois-
siez les Sommer ! ils sont dignes
d'être vos alliés et sans eux je suis
indigne de vous appartenir.

C'est bon, jeune homme, lui
dit Schall qui avoit la manie d'aimer un peu les surprises, mais ta
cousine de Burgau est charmante
aussi ; tu changeras d'avis peut-être

en la voyant et je vais tous les chercher.

Jamais ! jamais ! s'écria le jeune homme ; mon oncle, c'est impossible, mon cœur est pour toujours à Wilhelmine. Le comte sourit d'un air de doute.

Il sortit et revint bientôt accompagné de tous les Burgau et de tous les Lindner. En entrant Wilhelmine se tenoit en arrière, tremblante, agitée, redoutant l'orgueilleuse mère de son amant, et confuse de voir ce dernier qui baissoit les yeux et ne s'empressoit point à venir auprès d'elle.

Regarde au moins ta cousine, lui dit le bon grand-père, approche chère Wilhelmine. A ce nom Rosbane leva les yeux et se trouva entouré par toute la famille Sommer. On comprend sa surprise, sa joie, ses transports ; tout fut ex-

pliqué. Amélie et Julie s'embras=
sèrent avec tendresse et sincérité
pour la première fois de leur vie.
Théodore aux genoux de la baronne l'appella *sa belle maman* du même ton et avec le même coup d'œil
que le petit Théodore d'autrefois.
Elle se jeta à son cou en lui disant
„ oui cher enfant que j'ai tant aimé, sois mon fils et fais le bonheur d'Héloïse. „ Sa fille vint aussi
se mettre à ses genoux et Rosbane
y amena sa Wilhelmine. Les larmes de la baronne coulèrent en
abondance ; surprise elle-même
d'un attendrissement qui jusqu'a-
lors lui avoit été si étranger, elle
vouloit le cacher. Son oncle s'approcha d'elle et en écartant le
mouchoir qui lui couvroit les yeux;
laisse-nous, lui dit-il, voir ces
larmes, Amélie, elles te rendent
plus heureuse et plus belle que tu

ne l'ayes jamais été ; tu le vois , tu
règnes encore et ton empire est bien
plus sûr ; ce ne sont pas seulement
les genoux qui plient devant toi : à
présent tu soumets les cœurs.

Lindner , le bon Lindner pleuroit aussi et ne le cachoit pas ;
ah ! disoit - il , qu'ai-je fait au ciel
pour n'avoir jamais éprouvé le bonheur que je vois dans tous les yeux,
pour n'avoir pas aussi une femme
et des enfans à serrer sur mon cœur!
Je ressemble à un fragment des
classiques , qui n'a ni commencement , ni fin.

Bon Lindner, dit Schall , ne sommes - nous pas tous vos enfans ?...
Cela est vrai , bien vrai , s'écria
Lindner , vous êtes tous mes enfans ; et ma bibliothèque me tiendra
lieu de femme.

F _ I N.